El infinito poder de los hilos rojos

Nudos de Junco

Ramona Ruiz Povedano

El infinito poder de los hilos rojos
Nudos de Junco

Primera edición: 2024
Segunda edición: 2026

ISBN: 9788419808073
ISBN eBook: 9788419808561

Impreso en España – Printed in Spain

A todas las mujeres y hombres de la historia, esos héroes todopoderosos que, en silencio, han construido universos sin fin y ganado guerras infinitas.

A los niños que fuimos y nuestro compromiso con ellos de cumplir la promesa de descubrir y conquistar todo lo que está a nuestro alcance y lo que parece que no.

Y a todas las personas que me han contado su historia en esos lugares maravillosos que merece la pena visitar, por sus gentes y por su historia, pequeños rincones impregnados de sueños de tantas de vidas que me han inspirado.

Todos los personajes de esta novela son de ficción, basados en historias contadas por los lugareños en mis viajes a Macael, Barcelona, Italia y París, con tintes de realidad como homenaje a personas que han sido importantes en mi vida.

Sobre este libro

Este libro está lleno de intensas vidas que han pasado por los nudos de junco del destino, esos giros desconcertantes que nos cogen por sorpresa, puntos de inflexión que nos arrastran primero al abismo, y con suerte a un nuevo comienzo.

Al final queda la duda de si en el fondo se puede evitar de verdad ser otra persona distinta a la que se ha sido, atados por hilos rojos invisibles que irremediablemente nos conectan a aquello de lo que renegamos, devolviéndonos sin remedio al sitio del que hemos intentado con todas nuestras fuerzas escapar desde el principio.

Maldecimos a la vida y a todos los dioses cuando surgen estos puntos de inflexión que transforman nuestra vida, nos invade la culpa por lo que pudimos hacer y no hicimos, y la necesidad de escapar, en una huida sobre todo de nosotros mismos, buscado algo distinto, hacer algo extraordinario.

Hay que seguir, sin duda, aunque sea por curiosidad; igual el mundo nos depara convertirnos en héroes como los protagonistas de estas historias, que poca gente conoce, cuando todo no era tan fácil como ahora para la mayoría.

Los escenarios de muchas vidas, de muchos sueños, de todas las épocas, no importan, porque «la vida siempre ha sido un sueño», como afirmaba Calderón de la Barca, «una dualidad entre el libre albedrío y la predestinación» en la que todos estamos sumergidos.

Quizás lo único que debemos perseguir es la ilusión por vivir por encima de todo, porque, al fin y al cabo, de eso únicamente se trata, del disfrute de la vida y de los bellos paisajes que nos ha regalado alguien como si de un dulce y amargo juego se tratara.

Con su final, sus despedidas y sus oscuros recuerdos escondidos en el armario, algunos de gente sin alma que guardan terribles secretos, paseando por esos insólitos lugares como si nada.

Cerrar los ojos y transportarnos por un momento a otro lugar en el que quizás estuvimos alguna vez, para fundirnos con él y con su historia, pues cada época y lugar siempre tienen una insólita belleza, sus héroes y sus grandes misterios.

Capítulo 1
La despedida

Solo había un extraño silencio, como si absolutamente todo estuviera muerto, y se desprendía ese olor, el aire era muy pesado, angustioso y, sobre todo, impregnado de una gran tristeza.

«No puedo creer que ya no esté», pensaba Isabel cuando entraba en el hospital y se aproximaba al pasillo de aquel edificio tan gélido, preguntándose si aquello era real, y de ser así, si era un castigo divino, por qué no había redención para ella.

Allí estaba, inerte, vacía como entonces, cuando perdió a su hijo y no le quedaba nada, con la mirada hacia el suelo, con la sensación de que estaba viviendo un sueño, sin ser consciente de lo que estaba pasando.

Cerraba los ojos y veía de nuevo a su madre, la imaginaba como la mujer valiente que siempre debió ser y que hubiera necesitado para que la defendiera de todo.

Aunque recordaba, como si la tuviera delante, su gran dulzura, esa gracia en decir las cosas con parsimonia y que ahora en ella misma veía: se había ido de este mundo y sabía que cada día la iba a añorar y a querer más, igual que en su infancia.

Con la triste certeza como aprendizaje de que siempre sobreviven los más fuertes, allí estaba Antonio, su padre, el hombre con el que se había atormentado durante años; miles de sentimientos de odio y rabia la invadían.

Salió corriendo del hospital, como alma que lleva el diablo, antes de que nadie la viera, no podía dejar de caminar por las calles, sin rumbo, con cientos de lágrimas cubriendo su rostro.

Pasaba de nuevo, después de tantos años, por aquella plaza de abastos que a su madre tanto le gustaba y a la que en tantas ocasiones fueron juntas, y sentía allí su presencia, porque en ella vivieron sus últimos momentos felices, unidas, antes de que el destino y las circunstancias las separaran.

Observaba todas las calles imaginando que volvía a ser una jovencita que iba con ella al mercado o paseando por las calles del centro, mirando con expectación todo lo que encontraban a su paso.

Antes de que sintiera dentro de su corazón la certeza de que no podía contar con su madre y que, con el más profundo dolor, le dijera:

—Cuando te he necesitado nunca has estado ahí.

Se sentó en la plaza, desconsolada, observando la dulce imagen de los enamorados a los que en cualquier lugar observaba con dulzura y tristeza, quizás por la añoranza de haber tenido ella un compañero para compartir esos primeros y bellos momentos del amor y la gran ilusión de los hijos cuando llegan.

Se percibía que estaban viviendo con ilusión la vida, soñando con un futuro juntos, descubriendo cada rincón de este mundo cogidos de la mano, y también pasaban muchos turistas embelesados admirando el mercado laberíntico con techos infinitos que es el Mercado de La Boquería.

Instalado en el solar del antiguo Convento de Sant Josep, que fue quemado en 1835, lo envolvía una densa trama de callejuelas, perpetrado por una tirada de porches por los que madre e hija pasaban, primero a las tiendas que tenían todas las partes del cerdo, que les servían en una bolsa blanca desde el lateral de la vitrina con una amplia sonrisa.

A su madre le gustaban mucho las orejas del cerdo cocinadas como solo ella sabía hacerlo, y también los espárragos trigueros, la albahaca y las judías verdes, que compraba a manojos en los puestos.

Una imagen muy cotidiana para Isabel en su infancia era ver a su madre en la cocina haciendo ricos platos, cómo conseguía, con gran paciencia, que las orejas le salieran bien tiernas y con una rica salsa que era para chuparse los dedos.

Todos los platos que ella cocinaba tenían un sabor inigualable que Isabel nunca pudo reproducir, quizás casi nadie, porque cocinaba con gran amor y calma, y con la gran ilusión de ofrecérselo a los suyos.

Aunque, sobre todo, lo que más le gustaba a su madre guisar era el pescado, le encantaba comprarlo en el mercado y era de lo que más entendía, porque su padre había sido pescadero.

Podía ver ahora, de forma nítida, a su madre en la cocina, «apañando» el pescado, le quitaba la raspa y lo enharinaba para freírlo con bastante aceite, y como más le gustaba era comérselo frío y con pan cuando caía la tarde, después de dejarlo al aire libre en un plato, tapado con una servilleta, en el poyete de la cocina.

Observó enfrente del mercado que todavía estaba la tienda de lanas que tanto le gustaba a su madre y en la que se perdían por el gran catálogo de lanas de colores que había dentro de ella.

Le encantaba hacer punto para sus hijos, rebecas, guantes, gorros de lana; seguro que a su nieto le habría hecho un bonito traje con todos los complementos a juego.

Recordaba que siempre le encargaba, cuando salía a la calle, que le trajera aquellos preciosos ovillos de lana de colores de la tienda para continuar con esa artesanía que tanto valor tenía.

Se sonreía para sí misma con estos recuerdos, mientras por allí pasaba el gentío en sus quehaceres, ajenos a su melancolía, como si nada hubiera pasado, y ella, su madre, nunca hubiera estado allí, parecía ahora solo un sueño donde ahora constantemente la veía, formando parte de lo que pasaba y del paisaje, y eso la consolaba.

No podía comprender en ese momento, mirando una fotografía suya que llevaba en el bolso, cuando estaba joven, garbosa y despierta, cómo pudo vivir con Antonio, su padre, alguien tan complicado, ¡sesenta años en los que podía haber hecho tantas cosas!

«¿Cómo pudo permitírselo todo?», pensaba.

Pero a su madre le compensaba, siempre le decía a Isabel que tenía que ver lo bueno en él, no solo lo malo, y así lo sentía su madre; a pesar de su mal carácter y sus devaneos, siempre era con quien ella podía contar.

Lo disculpaba de esta forma; aunque a Isabel a estas alturas ya se le difuminaba la línea entre lo bueno y malo, las peleas y conflictos del pasado ya no tenían ningún sentido, ni siquiera en el recuerdo.

Su corazón estaba tan vulnerable que el dolor se maximizaba, se embelesaba emocionada admirando todas las calles y plazas que parecían tener en ese instante una belleza especial, tal y como su madre las veía:

—No desprecies nunca a Barcelona —le decía—, porque todo el mundo daría lo que no tiene por estar aquí; valora lo bonita que es.

Cuando intentaba huir de allí con todas sus fuerzas; y así la sentía ahora, más preciosa que nunca.

Isabel había pasado muchos años lejos de Antonio, su padre, de su hermana Sara y de su madre, tranquila en su hogar de París; esta era su vuelta a la magnífica Barcelona para dar a su madre el último adiós.

Lugar donde pasó su juventud y que tan dulces recuerdos le había dejado por su arquitectura de Gaudí, su arte y su música en La Pedrera, que hacía que se le saltaran las lágrimas.

También significaba rememorar el horror de esa doble cara oscura de la ciudad, con terroríficos crímenes inconfesables en sus bajos fondos, de los que fue víctima y testigo.

Y reencontrarse con Antonio y con Sara, el padre del que quiso escapar toda su vida y la rígida hermana que nunca la aceptó.

Parecía ahora todo tan lejano, de otra vida, le dolía pensar que quizás nunca podría olvidarse de todo, incluso ahora que ella ya se había ido, y Antonio estaba tan mayor.

Se sentía muy culpable por haber estado lejos de su familia tantos años, quizás por no haber podido ser la persona que ellos esperaban; Antonio conservaba aún su violencia y ese desprecio constante que le demostraba, su madre pasiva ante todo siempre, enemiga de problemas y de escándalos.

Le invadía una gran pena por no haber podido tener su arropo, su cariño, pero ella ya no estaba y surgió en Isabel todo el amor que le había tenido en su infancia y que seguía en su corazón.

Se levantó de la plaza y continuó corriendo sin parar hasta llegar al puerto, allí recordó los cientos de bares que había frecuentado hacía años en el Barrio Chino de Barcelona.

Aquellas viejas y oscuras calles que las envolvía siempre un ambiente bohemio y embriagador que atraía cada noche a cientos de artistas peculiares y solitarios, ávidos de aventura como Isabel, y también era el maldito infierno donde había conocido a Rafael.

Allí estaba de nuevo, en Barcelona, como si el tiempo no hubiera pasado, y con una tristeza tan profunda que parecía que las aguas la invitaban a sumergirse en ellas para ir al encuentro de su madre, que, sin duda, desde algún lugar la estaba esperando para que ambas se abrazaran y se dijeran lo mucho que se querían pese a todo.

Imaginaba, frente a las aguas, ver a esa otra persona que desapareció en ellas hacía años y que hubiera necesitado tanto en ese momento, al menos para cogerla de la mano, y, así, la estiraba hacia las aguas como si se fuera a producir ese milagro.

Rosario, la madre de Isabel, murió en el hospital, cogida de su mano, teniendo la dulce esperanza de que aguantaría como la primera vez que empezó a fallarle el corazón, maldiciéndose por no habérsela llevado a rastras del destino que por propia voluntad eligió.

Isabel tenía la certeza de que quiso morir para descansar de todos, se fue dormida, en paz, como una niña, como una bendita inocente, quizás a un mundo mejor donde nadie la hiriera: su cara tenía una expresión de paz infinita que no podía disimular.

Grabada tenía Isabel la sensación del frío en sus labios cuando la besó estando ya en los brazos de la muerte, aún más fría que un témpano de hielo, y, aun así, le inspiraba la más profunda ternura y compasión.

Hasta el punto de que le hubiera gustado llevársela a su cama y arroparla, abrazarla, aun así, fría, rígida, con la promesa de que nada malo le ocurriría a partir de ahora y que la cuidaría siempre.

No había podido parar de llorar mientras la miraba postrada en el hospital, por todos los años que estuvo enfadada con ella, por no haberle parado los pies a Antonio y estar tan unida a él siempre en todos sus pensamientos y decisiones.

A veces pensaba si su madre no había querido más a Antonio que a sus propias hijas, por lo mucho que le permitía; tan solo una sola palabra suya de compresión y ayuda hubiera cambiado su destino.

Rosario era su mundo, lo era todo para ella, en un tiempo en el que Isabel la idealizaba, como hacen todos los niños con sus madres a esa edad en la que una madre es lo más grande que podemos tener.

Sentía, en ese momento, una profunda rabia muy por encima del dolor, porque su madre estaba muerta y a partir de ese momento pasaría noche tras noche en el oscuro agujero de donde no se sale jamás, y Antonio seguiría ahí, recordándole eternamente sus errores y sus torpezas, tratándola como alguien que no vale nada, al igual que solía hacer Sara.

«Qué distinto hubiera sido todo sin él», murmuraba Isabel mientras le resbalaban las lágrimas en las mejillas; se trataba de una broma divina de mal gusto que días antes de su muerte decidiera visitarlos a menudo para que pudieran conocer a su nieto, fue una gran alegría para su madre, y ahora: «¿Por qué ahora?»; ¡estaba tan cerca de ella, de su cuerpo inerte, sin vida!, ahí estaba, pálida y en paz, parecía un precioso ángel que la estuviera esperando para ese último adiós.

Volvió a ver a su hermana Sara en el hospital, la veía muy deteriorada y con la rigidez de carácter que siempre la acompañó, sintió por ella la mayor de las compasiones, y el alivio, porque su madre no podía verla así.

Nunca supo hasta qué punto Sara había dirigido su vida desde la distancia; con esa rectitud exagerada e intolerancia, siempre había buscado el amor de su hermana, su aprobación sin encontrarla, siempre juzgándola.

Pero ya todo eso no importaba, ahora las unía el dolor por la que querían, su madre, la confidente de Sara, como ella la llamaba, la rabia porque iba a estar metida en ese triste y oscuro agujero y el inconfesable deseo de ambas de que fuera Antonio quien hubiese muerto y no ella.

Se hicieron algunas confidencias, lo que les condicionó la vida por no decepcionar a su madre, la rebeldía de Isabel por la pésima relación que tenía con su padre; por primera vez se escuchaban, los hilos rojos invisibles las seguían uniendo.

A Antonio, su padre, apenas le dirigió la palabra en el hospital, solo quería gritarle: «¡¿Qué le has hecho?!; ¡¿no has cuidado bien de ella?!; ¡¿dónde estabas cuando se le paró el corazón?!», queriendo de alguna forma culparlo de su muerte: estaba llena de rabia hacia él, y en el fondo hacia ella misma, que tampoco estaba cuando murió.

El último día que su madre habló con ella, Isabel estaba especialmente emocionada, quizás porque intuía en su interior que estaba ante una despedida en la que sentía que su madre le encomendaba a su padre:

«¿No te da pena?, ¡que tiene los pies fatal!», le recriminaba.

La única que influía en sus decisiones y pensamientos ya no estaba, la única que en tantas ocasiones pudo frenarla; el único vínculo de amor que tenía con su familia se había roto con su ida, su muerte lo cambiaba todo.

Sin embargo, de repente se dio cuenta de que se convertiría, sin querer, en el pilar de lo que quedaba de esa familia que no sentía como suya y que por más que intentara huir, como había hecho durante años, y negarlo, estaba unida más que nunca por ese hilo rojo invisible a Antonio y a Sara, del que ya dudaba si podría desprenderse.

Capítulo 2
Benditos inocentes

El recuerdo de su madre la trasladó con nostalgia al final de su infancia y a su tierra, mientras seguía andando por las calles de Barcelona sin un rumbo fijo; últimamente le pasaba con frecuencia.

Ya había cumplido cuarenta y cinco años, y quizás necesitaba rememorar unos tiempos en los que no estaba corrompida y estaba ajena a cualquier mal que pudiera acecharla.

Se sumergió en Macael mientras caminaba, el pueblo donde pasó sus primeros años, cuando el mundo se antojaba una promesa y no se vislumbraban las lecciones que estaban por venir.

Un lugar minúsculo y fascinante que está perdido entre las montañas y que encierra tanta historia —también la de sus gentes—, que parece inverosímil, ligado de forma increíble al resto del mundo y de valientes que no se rinden.

Y donde por primera vez, con catorce años, se sintió mujer y se enamoró, ese otro gran amor que mantuvo dentro de su alma toda su vida, quizás por lo que simbolizaba: el calor, la protección de una familia que nunca tuvo.

En el valle almeriense del Almanzora, cuyo río del mismo nombre rodeaba los pueblos separando Granada de Almería, estaba el precioso pueblo de Macael, en el que se había trabajado desde siglos fundamentalmente el mármol, el llamado oro blanco, tan codiciado por todos.

La Mezquita de Córdoba, Medina Azahara, el Teatro Romano de Mérida, Itálica en Sevilla, el Palacio Real de Madrid, El Palacio de Aranjuez, todos tienen elementos del mármol de Macael, el primer lugar de mármol blanco en España y el segundo en el mundo.

En la entrada del pueblo hay un bello homenaje a los alumnos del mármol, a los canteros y a los fallecidos en las minas y la representación de un accidente en la cantera con la desolación de las mujeres ante el suceso.

Y el anuncio de los fallecidos, momento de duelo en el que dejaban de trabajar y se avisaba a todo el mundo por la caracola para que el pueblo guardara un tiempo de silencio.

Arriba del todo estaba «el Mirador de Consentino», famoso por sus grandes minas de mármol para hacer los lavaderos que se usaban, y todavía se usan, en los mercados para conservar el pescado o la harina cuando se hace el pan.

Un pueblo con mucha vida, gente joven y nuevos nacimientos, a pesar de estar en la montaña, alejado y casi invisible a simple vista por ser tan pequeño, y que, sin embargo, guarda tesoros irrepetibles en el tiempo.

Muchos hombres y mujeres criados entre esas montañas, algunos sin cultivar demasiado su sensibilidad, acostumbrados a sobrevivir entre penurias y duras tareas, y con la fuerza, algunas veces, como única forma de sobrevivir para dominar su territorio, defender y dominar también a los suyos.

Pese a todo, la inocencia y la felicidad de los niños casi se podía respirar en el aire; todo eran risas y diversión rodeando el paisaje, incluso inmersos en las tareas en las que sus mayores los implicaban.

Isabel todavía podía oler el polvo de las minas y sentir el viento en la cara cuando recorría las calles de su pueblo almeriense, Macael, su pequeño y blanco pueblo que llenó de precioso mármol a la mismísima Alhambra.

Vivía como el resto de los niños, ajena a la lucha diaria de los adultos, que nunca cesaba; Antonio, su padre, era uno de los muchos hombres que cargaban el mármol en valiosos bueyes para ellos, por ser su sustento.

Y con ellos se aventuraban a larguísimos y duros viajes hasta la preciosa Granada y su catedral y a cualquier lugar de España donde han trabajado los canteros para llevar el tan codiciado mármol blanco.

Los bueyes descansaban en los mejores lugares de la casa, los primeros que comían y los primeros que descansaban, preparándose para grandes retos, atravesar ciudades enteras para ser transportados en trenes y en barcos.

Las mujeres en los años 50, sobre todo las que quedaban viudas o tenían a sus maridos enfermos, tenían que ganarse la vida como podían en los talleres de artesanía puliendo y amolando el mármol para darle forma.

O haciendo pleita, cuerdecitas con el esparto que recogían en la sierra, para embalar ese mármol, unas veces para darle forma de lavaderos, o triturándolo para las vías del tren, que salía a diferentes partes, y lo vendían boca a boca en el pueblo.

Salían con el mármol a cuestas con espuertas, a Olula del Río, mujeres poderosas, incansables, cientos de heroínas desconocidas que sobrevivían como podían, sin detenerse ante nada.

Había muchas que se ganaban también la vida limpiando en las casas de los caciques del pueblo, y algunas se enamoraban y se quedaban embarazadas de alguno de ellos.

Mujeres solteras o viudas que, en ocasiones, eran persuadidas para ceder sus hijos a esas familias, gente pudiente que no podía tener los suyos propios, viajaban con ellas a La Concha, en Lugo, lugar de vacaciones de los más pudientes, para esconder este hecho.

Contaban en el pueblo que se iban a quedar más tiempo por el buen clima, y a los meses, la señora volvía con el niño como suyo y la sirvienta con una compensación económica.

Juana era una de esas madres que justificó este hecho como un acto de amor a su hijo, un sacrificio que llevaba atrancado en el alma, pero también con el consuelo y el convencimiento de que iban a procurarle una vida mejor, que, sin duda, pensaba ella, podrían darle.

Obligada a abandonar la casa por lo incómodo de la situación, eligió dedicarse, como otras muchas, al estraperlo en los trenes que iban hasta Lorca, comercializando con mercancías que revendían.

A veces eran pilladas por la Guardia Civil, pero Juana, que era una chica joven y despierta, corría por las vías, con el riesgo de ser atropellada, con la motivación de llevar una ganancia a su madre, viuda de cantero, entrada en años, y a sus hermanos, con los que convivía.

Sacaba, de esta forma, un dinerillo trayendo cosas que en Macael escaseaban, y haciendo las veces de vendedora ambulante, intercambiaba las semillas entre las mujeres para cultivarlas en los patios de las casas.

Gallinas, cerdos, todos los víveres se permutaban, también por gente que venía de fuera, mujeres vivas que tenían que espabilar como fuera, muchas viudas, con bastantes hijos que alimentar, o solteras como Juana, acompañadas de un dolor que las llevaba a creer que no tenían nada que perder.

La supervivencia era una lucha diaria que no dejaba tiempo a pensar, ni a añorar, ni siquiera a cuestionar nada: el fin justificaba muchas veces los medios para poder llevar el pan a los suyos.

Había otras mujeres que con su lucha habían dejado huella en la historia y que todo el pueblo recordaba, como Carmen, la Rabera, así la llamaban, la primera y quizás única mujer sargento de la provincia de Almería con la que contó la Guerra Civil.

Por su gran labor en centros de auxilio, llegó a dirigirlos siendo tan solo una jovencita y se fijaron en ella en el bando de la izquierda, los republicanos, impresionados por su gran inteligencia y valentía, sin tener apenas estudios.

Acompañaba como voluntaria a los soldados que habían venido bastante tocados de la guerra, enfermos que habían conseguido traer a casa como recuerdo grandes secuelas.

Supervivientes, después de haber vivido en los más profundos infiernos, e incluso jóvenes que de niños habían tenido la desgracia de sufrir accidentes con lesiones, que aún pasados los años seguían tratándose de sus heridas.

Se convirtió, así, en una heroína para muchos, y de gran consuelo y ayuda para todos, luchando por la libertad y por los derechos de las mujeres, aunque le fuera la vida en ello.

Cuidó de ambos bandos, vivió y presenció lo bueno y lo malo de cada uno, y el pueblo confiaba tanto en ella, independientemente de sus creencias políticas, que le pedían cosas que al resto no se atrevían.

Carmen también se enamoró de uno de aquellos señoritos, con él que se casó y se fue a Francia, luchando con las dificultades de un nuevo idioma, que no entendía, y el tener que adaptarse a la cultura y costumbres de otro lugar lejos de su tierra.

Había regresado a su pueblo para recuperarse de una gran pérdida, la muerte de su pequeño hijo por enfermedad, una heroína referente de muchas que apenas es conocida en el resto del mundo.

Y ahora su recuerdo, que estaba muy vivo en su pueblo, le consolaba, como ejemplo de una mujer que utilizó ese gran dolor para salvar a los demás, luchar sin límite por lo que creía y que murió en la cárcel por ello.

Isabel, rodeada de todo ese escenario, atravesaba todos los días aquellas casas blancas y empinadas que se levantaban frías y duras como su mármol, sin embargo, estaban llenas de luz y hacían las veces de balcón hacia el valle, que se hacía más verde cuanto más se aproximaba al río.

Sudorosa, llegaba todos los días de llevarle el cesto de viandas a su padre al «cerro pelao», en el que llevaba, entre otras cosas, pimiento y tomate seco frito, que las mujeres secaban en cuerdas al sol para asarlo en la lumbre o poner en conserva.

Normalmente eran los muchachos los encargados de cargar los cestos en los burros, y a veces les mordían, exhaustos ya de tanto trasiego, pero incluso si enfermaban, seguían, para llevarlos a su destino.

Los cestos iban atados de forma muy rudimentaria, pegados por las mujeres con agua y harina, y a veces se caían porque se paraba el animal en seco del cansancio.

Anécdotas que terminaban con los niños llorando por miedo a la reprimenda de sus padres, recogiendo como podían las viandas del suelo y recolocándolas encima del animal, comiéndose incluso en secreto alguno de los alimentos, del hambre que llevaban.

En el «cerro pelao» estaban parte de las minas, lugar donde sus padres tenían la concesión de una pequeñísima, que les daba pocos beneficios, como a muchos, pero que era su mayor orgullo, ayudados normalmente por los muchachos que eran adiestrados para que aprendieran el oficio.

Pasaban su adolescencia en las minas y en los talleres donde se trabajaba el mármol, puliendo con el cincel y el martillo generación tras generación, traspasando este arte para que lo tuvieran como herencia.

Las minas que algunas veces, y después de muchos sacrificios, daban unos beneficios que permitían que los hijos tuvieran una vida mejor e incluso que pudieran estudiar.

En casa de Isabel solo había mujeres además de Antonio: su madre Rosario, su hermana Sara y ella, que era la encargada de llevar los cestos a su padre, andando una hora hasta el «cerro pelao» y acabando con prisa sus recados para poder disfrutar de su premio, el permiso que conseguía de sus padres para ir por la tarde al valle con Josefa.

Momento que aprovechaba con toda la ilusión para poder ver, al menos desde lejos, a su primer amor, Juan, ese chico que la traía siempre de cabeza; nada era suficiente esfuerzo para verlo, siempre a escondidas de su posesivo padre.

Josefa la llevaba a ella y al resto de sus alumnos, al atardecer, a pasear por el valle, eran excursiones en las que les hablaba sobre la historia del pueblo, y desde la vereda observaban con admiración los grandes caserones, algunos abandonados de otra época, y entre ellos, la gran casa de Juan, un palacete que parecía salido de un cuento.

Las casas de los ricos, que siempre se comían el jamón y el magro, en una época en la que el hambre y la abundancia eran siempre para los mismos, y para los pobres, las limosnas y los favores de forma condescendiente.

Josefa era una señora de mediana edad, sencilla y amable, alta y muy delgada, que formaba parte de las muchas mujeres que venían de Purchena y se casaban con canteros de Macael, trasladándose al pueblo para tener una mejor suerte, muchas trabajando el mármol, aunque Josefa era maestra.

Purchena, el principal de la región, donde había juzgado y cárcel, en una plaza redonda rodeada de jardines donde apilaban a los presos para trasladarlos fuera del pueblo.

Sus lugareños llegaban contando historias de los Reyes Católicos y de cómo los moros destruyeron sus posesiones en la comarca, y así entretenían con sus relatos a los canteros y a sus mujeres.

Josefa consiguió un puesto en la escuela, y a veces, durante esas excursiones, contaba a los niños, haciendo aspavientos con sus largas y huesudas manos, leyendas con las que los impresionaba: «Había un aljibe de agua a las faldas de un castillo, donde iba mi abuela a beber cuando acudía cada día a la iglesia para cumplir con sus promesas cristianas —les relataba—. En ese castillo había muchos encantados, asesinados por los moros, que se aparecían en los ventanales; los lugareños los podían ver si se acercaban de noche a los alrededores», les contaba, abriendo los ojos y poniendo gesto de horror para que se impresionaran.

Isabel recordaba siempre aquellos momentos como lo mejor de aquella época, los juegos al escondite con sus amigas del colegio y con sus primas por la vereda y aquellos paseos que terminaban alrededor de los caserones abandonados.

Eran pocos los que había en el pueblo, a diferencia de Purchena, donde había muchos, grandes y señoriales, algunos cerca de la plaza, propiedad de terratenientes y algunos de maestras de escuela.

Y los alumnos, con Josefa, visitaban esos caserones con curiosidad, atravesando las numerosas estancias que daban a tres calles, muchas separadas por escaleras, y a veces acababan perdiéndose en ellas.

Y allí se sentaba Josefa en círculo con toda la chiquillería, como si fueran los hijos que nunca tuvo, contándoles todas estas historias de los pueblos y sus gentes y otras espeluznantes que acababan con todos corriendo despavoridos.

Chillando por todas las amplias estancias, salían por las ventanas y los patios con temor a ser perseguidos por aquellas ánimas, asustados y riendo a la vez, con la adrenalina por las nubes; parecía que se les iba a salir el corazón por la boca.

También les contaba la historia de otro caserón que luego fue una cooperativa que fundó un cura que vino de fuera, don José, que trabajó mano a mano con los canteros, como uno más, para promover en ella los talleres de las tejedoras.

Un gran apoyo para las mujeres del pueblo y hombro en el que llorar muchas veces, un cura de vocación tardía que estudió Teología en la Facultad de Granada y que hacía misiones por los pueblos y aldeas pequeñas.

Don José fue un magnífico cura de pueblo que fomentaba toda la actividad parroquial de fervor y entusiasmo religioso, además de ser un aliciente sociológico en tiempos sombríos con escasas posibilidades de diversión en los pueblos.

Pero también era un cura moderno por su capacidad para diseñar nuestras construcciones y sus dotes empresariales, y allí, en Olula y Macael, a los que llegó por una tarea de suplencia, dejó su huella.

Construyó un hogar parroquial, un puente que unía los dos pueblos, una oficina bancaria, una academia de enseñanza y un campo de fútbol, e incluso muchas viviendas, que fueron llamadas «las casas del cura», y una iglesia, porque la del pueblo se había quedado pequeña.

Los niños se quedaban boquiabiertos, ajenos a que su pueblo tuviera tanta historia, y Josefa aprovechaba su atención para describirles también la casa de don Julio, la de don Juan Jiménez, la de las Petras y la de Mercedes Álvarez.

De todos estos ricos, antiguos dueños de los caserones por los que pasaban, la historia más bonita que Isabel recordaba era la de Mercedes, que vivía junto a la plaza.

Una mujer con un matrimonio sin hijos igual que Josefa, que, pese a su linaje, no encontró la felicidad debido a esta «tara», y así Josefa lo contaba y sentía esa carencia también suya, la de no haber podido ser madre.

Josefa trataba con tanto cariño a estos niños que la querían como si fuera alguien de su propia familia, y ella, a pesar de no haber podido tener hijos, sin que ningún médico le pudiera pronosticar la causa, pensaba que era porque Dios le había dado la gran suerte de poder cuidar de muchos más.

Todos esperaban y con mucho cariño las verbenas de entonces, con grandes comilonas preparadas por las mujeres del pueblo, el único lugar de diversión y esparcimiento, al que acudían muchas mozuelas con la ilusión de conocer al hombre con el que hacer un buen casamiento.

Y, sobre todo, las bodas del pueblo, a las que iba todo el mundo con garbanzos *torraos* y chatos de vino, estuvieran invitados o no; los vecinos traían dulces o lo que pudieran y allí las celebraban en la plaza, como si todos fueran familia.

La mayoría de las muchachas se limitaban a estar sentadas junto a sus madres, mientras estaban solteras, para evitar a toda costa que se las criticara en el pueblo, e Isabel no era menos.

Aunque ella solo tenía ojos para Juan, que de vez en cuando venía con sus hermanos a alguno de estos eventos para compartir con ellos algunos chatos de vino y, sobre todo, risas y guasas con las chicas que allí estaban y se dejaban.

Había algo muy erótico en Juan, su pelo rubio y ensortijado, sus ojos color miel tan expresivos y de largas pestañas, acompañados de un perenne aire chulesco y despreocupado.

Parecía como si nada le importara ni le afectara, iba siempre andando con parsimonia, llevando siempre colgada una cadena dorada que le acentuaba aún más esa chulería suya tan característica.

Juan, hijo de uno de los dueños de aquellos caserones, otro rebelde como ella, con un padre rígido e implacable del que también intentó escapar durante toda su vida.

Él y sus hermanos solo venían al pueblo, a casa de sus padres, cuando terminaban el curso en el colegio de Almería donde los habían enviado internos para que, según su padre, se hicieran hombres de provecho, aunque muchos pensaban que era para quitárselos de en medio.

Sus dos primas, Isabelita y Manuela, hijas de Carmen, una mujer viuda que era la única hermana que tenía Antonio, y que vivían junto a la casa de Isabel, se lo presentaron.

Muchas veces ella les había contado, cuando pasaban por la casa de Juan en sus excursiones con Josefa, cuánto le gustaba, y ocurrió cuando se aproximó a uno de los tenderetes donde se servían agua y refrescos en una de las bodas del pueblo.

Todavía tenía la imagen grabada de Juan haciéndole guiños desde el otro lado de la barra:

«Niña, qué bonica que estás», le decía siempre que la veía, clavándole la mirada en sus ojos con total arrogancia y descaro.

Por aquel entonces su prima mayor, Isabelita, también andada de cabeza cada vez que veía al mayor de los hermanos, su madre, Carmen, la iba a matar a guantazos, cada vez que la veía cerca de ellos, cogiéndola de la coleta con rabia:

«¡Que no te vea yo con los hermanos, con esos sinvergüenzas!».

Un odio que venía desde muy lejos por un amor no correspondido de la abuela de Isabel por el abuelo de los hermanos, que no admitió el perdón ni en las generaciones futuras, como un decreto familiar que se llevaba a rajatabla.

Desde aquella boda, siempre encontraban momentos para escaparse, cuando Juan la avisaba, y darse algunos besos en la mejilla, mientras le tocaba su negro pelo y su cara, a escondidas, en los arbustos de la plaza.

Aprovechaban cuando todos estaban distraídos en las fiestas para darse mil abrazos, y allí, ajenos a todos, Isabel recibió ese primer y dulce beso con la boca entreabierta que le hizo degustar el sabor dulce e inconfundible de la inocencia que nunca se olvida.

Juan quería rozarle todo el cuerpo, se notaba en su mirada picaresca que estaba más espabilado que los niños de su edad: «Quizás ha estado ya con alguna mujer», pensaba Isabel.

Y ese pensamiento le hacía arder aún más en deseo cada vez que notaba sus manos sobre ella, Juan con prisa e Isabel con entrega.

Paseaban cogidos de la mano por las veredas cuando no había nadie en ellas y Juan le contaba llorando que en el colegio le rapaban la cabeza, la dura disciplina de aquel centro en el que se sentía tan solo, y que su madre se limitaba a obedecer sin rechistar lo que su padre hacía y deshacía.

Juan le tenía a ella más rabia por eso, e Isabel se sentía muy identificada con lo que le contaba, lo escuchaba ensimismada y le transmitía también una gran ternura, porque detrás de su chulería había una sensibilidad que casi nadie conocía.

Un corazón desconsolado que se endureció hasta los extremos con el tiempo y, pensando esto, a Isabel le asaltó un mal recuerdo, las palabras que muchos años más tarde le dijo: «¡No quieras conocer mi lado oscuro, Isabel, no quieras!».

Pero ella lo que más tenía presente era lo bueno, todavía añoraba de todo aquel ambiente el olor a flores, la imagen de su madre haciendo punto en la puerta de su casa o cocinando, dos grandes talentos que siempre tuvo.

Le inspiraba la mayor de las ternuras su rostro afable y bueno, con la transparencia de alguien que no había hecho nunca ninguna maldad a nadie, dedicada siempre a su marido y a sus hijos, siempre prudente y sencilla, y por eso era muy apreciada por todo el pueblo.

Parecía retumbarle aún en los oídos el sonido de las carretas de bueyes bajando el mármol por las calles al amanecer, que señalaban la vuelta a empezar de esas interminables jornadas de trabajo que como autómatas seguían todos, día tras día, hasta caer la noche.

Y en verano, ese maravilloso sonido de las balsas del río donde se bañaban, pozas llenas de agua inundadas de chiquillos que se tiraban desde lo más alto de las rocas para impresionar a las mozuelas, haciéndose los héroes.

Y entre ellos, Juan y sus hermanos; Isabel los admiraba, sentía fascinación por ellos, además de estar tan enamorada de él, Juan, «el mediano», como lo llamaban en el pueblo por ser el de en medio, por nacimiento, de los tres hermanos.

Cortados por la misma tijera, traviesos y aventureros, rompían todas las normas establecidas, y los tres pasaban los inviernos internos en aquel colegio, con las cabezas rapadas, lejos de su gente y sin que pudieran tener contacto ni siquiera entre ellos.

Como si acumularan todo el invierno una furia que en verano desataban, eran el terror del pueblo y de los padres de todas las chiquillas, e incluso les tiraban pedradas a otros niños y a los gatos.

Esos pobres animalillos con tan poca suerte en aquellos tiempos y en los pueblos en que, cuando parían las hembras, los lugareños tiraban a sus crías al río para que se ahogaran y así evitar que sus casas estuvieran plagadas de ellos.

La gente del pueblo veía en ellos un peligro por la gran picardía que tenían siendo tan solo unos niños, y su padre, un empresario que comerciaba con sedas y especias incluso fuera del país, se avergonzaba de ellos.

Isabel así los recordaba, chapoteando en las aguas y tirándose al río de cabeza desde las rocas más altas a Juan y a sus hermanos, cometiendo mil travesuras, y también a las mujeres de Macael que iban todos los días a lavar a las balsas de los ríos.

Bajaban a Los Caños y a La Fuente Maestra, o a rincones que encontraban apañados, lavando con losas de madera que apontocaban en los ríos o en las acequias, tendiendo la ropa encima de los juncos para blanquearla.

Se reservaban los mejores árboles a la sombra para lavar los cestos de ropa, y de rodillas reían y hablaban, lavando con jabones caseros que hacían en casa, mientras los chiquillos se bañaban; luego, colgaban sus toallas en la cintura para volver al pueblo atravesando las huertas.

El río estaba pegado a las fábricas y talleres de artesanía que transformaban el mármol en figuras o lápidas y que necesitaban el agua para trabajar, y este lugar se convertía en el centro de todo y de convivencia diaria.

A la sombra de los tres eucaliptos que había subiendo del río hacia los talleres tenían también los jóvenes sus conversaciones, y Juan e Isabel no eran menos, lugar que era testigo de todo lo que en el pueblo pasaba, de encuentro y de críticas también, la cotidianidad de gente sencilla en su esencia.

El día terminaba con conversaciones nocturnas que no se repetirían y que guardaba en el corazón con absoluta delicia, momentos en los que sus primas y ella hablaban de todo hasta altas horas de la noche, sin que por un instante no tuvieran qué decirse.

Se contaban los chicos que les gustaban, asuntos que en ese momento eran su mundo, motivo de grandes dramas por amores que unas veces parecían correspondidos y otras no, como el de ella y Juan, que algunos días le hacía caso y otros la ignoraba.

Tras muchas charlas, risas y lágrimas, Isabel y sus primas se quedaban profundamente dormidas hasta que el sol de media mañana atravesaba las ventanas y el sonido del agua estallaba, cuando sus madres regaban los patios de las casas para que estuvieran fresquitas durante el día.

Capítulo 3
Luces y sombras

Cada día iban a la escuela y a misa, por las buenas o por las malas, después de que sus madres les hicieran a sus primas y a ella aquellas tirantes coletas de pelo, limpias y perfectamente aseadas, y con la cara bien despejada salían cada día de sus casas a sus tareas.

En el colegio Josefa impartía, además de sus materias, unas buenas reprimendas a los chiquillos que no cumplían las normas; sobre todo a los más aventureros, que a veces se escapaban de clase, propinándoles unos fuertes reglazos en las manos que eran de órdago, pero que luego, a la salida, servían de anécdotas que contar de camino a sus casas.

Sus primas eran muy guasonas, más pícaras que ella, y casi siempre la chinchaban con bromas a la salida del colegio y en las siestas, que en el pueblo parecían obligatorias, momento de recogimiento en que nada pintaba una niña por las calles.

Pero Isabel se iba a casa de su tía para pasar más tiempo con ellas, aunque se encerraran en el cuarto de arriba a jugar para que no entrara, mientras ella las llamaba repetidamente a la puerta, sentada y llorando en las escaleras.

Pero, en vez de abrir, ellas se reían a carcajadas y aún le parecía escuchar sus risas, las que había sentido entonces y algunas veces en su vida, las risas de los que no le abrieron la puerta.

Era la costumbre que todos se sentaran en los poyetes de sus casas al fresquito de la tarde, en los bancos de las calles y plazas, observando a todo el que pasaba, muchas veces criticando sobre ellos, compartían lo bueno y lo malo; los críos, alrededor, jugando al boli, a la rayuela y al esconde pañuelo:

«Frío, frío, como el agua del río; caliente, caliente, como el aguasal...».

Hasta bien entrada la noche, sobre todo en el verano, las madres hablando y los niños jugando.

Eran tiempos de escasez, siempre con miedo y teniendo como principal objetivo la supervivencia; atreverse a soñar con algo distinto o más presuntuoso era prácticamente un pecado inalcanzable y prohibido para ellos.

Los días pasaban entre bastas labores, muchos cumpliendo órdenes de los antiguos caciques en sus minas; de las que a veces se apropiaban con artimañas, siendo del pueblo, y ahí se dejaban la piel a cambio de unas pobres migajas de todo lo que ellos poseían.

Los padres de Isabel eran gente sencilla, de mente estrecha y convencional, con costumbres católicas, apostólicas y romanas, que habían carecido, sobre todo en su infancia, de cosas que ahora son básicas.

Tiempos duros que quizás habían dejado como herencia, pensaba Isabel, condicionamientos de rechazo a lo que les era ajeno o les resultaba distinto, siempre con miedo al «qué dirán», y a ella le había costado siempre encajar en ese entorno que le había tocado vivir.

El miedo a pasar hambre y penurias, como en la guerra, hizo que su madre se sumergiera en aquella casa en la que, pese a todo, se sentía cómoda y segura, sabiendo que el patriarca lo iba a tener todo resuelto, y así también la habían educado, para estar junto a su marido de por vida.

A Antonio le mandaban sus padres a trabajar ya desde muy niño, las piernas las tenía bastante quebradas por haber cargado tantos sacos en los hombros, y hasta una vez le dio una patada un mulo en la cabeza.

Se había criado entre voces, peleas constantes de sus padres, porque no sabían hablar de otra manera; el cariño se daba por sentado, no había que demostrarlo, y no tuvo mucho tiempo de vivir su infancia.

Simplemente, estaba educando a sus hijas como lo habían educado a él, con la dura y justiciera mano de escarmiento e imponiendo también su miedo de la misma forma que habían hecho con él siempre.

Y, sin embargo, el hombre más luchador que había conocido: sus ansias de aprender y mejorar le habían llevado a leer y a escribir él solo en su afán por avanzar y conseguir una vida mejor para los suyos; su luz y su sombra, que ahora recordaba Isabel con cierta condescendencia y nostalgia.

Sobre todo, imaginaba que quizás esa violencia era una forma de aplacar su ira, ese dolor contenido que llevaba arrastrando toda su vida por sus propios malos recuerdos, como si viviera en su propio purgatorio, y ella había sentido durante años ese mismo dolor, quizás heredado, un sentimiento de culpa constante que parecía que no iba a tener cura.

Cansada de deambular por Barcelona, caminaba cabizbaja de vuelta al hospital, y a la primera persona que vio de nuevo fue a Sara, «la buena hija».

La miraba de lejos pensando:

«Solo me queda mi intransigente Sara, con quien tantas desavenencias he tenido».

Porque, según ella, «no había tenido paciencia con alguien tan difícil como Antonio».

Por no haberse quedado con su madre cuidándola en aquella casa, lugar que para Isabel era un infierno y del que continuamente necesitaba escapar, aquel lugar que nunca sintió como suyo.

Sara tenía el «sota, caballo y rey» como estandarte; todo lo que saliera de la norma tradicional lo veía como algo extraño, incorrecto, podía ser un comportamiento, una distinta raza o, simplemente, una distinta forma de ver la vida.

Estaba adiestrada para ser una digna esposa y madre intachable, el gran orgullo de sus padres, acompañada siempre por Rosario, su cómplice y amiga con la que tantas confidencias compartió.

Isabel siempre admiró a Sara, incluso se sentía inferior a ella por esa imagen intachable, discreta y bien educada, bajita pero bien hecha, tan erguida siempre que parecía estar muy por encima del bien y del mal.

Mirarla tan solo era como tener enfrente un espejo que le enseñaba todos sus errores: Sara la menospreciaba, manteniendo siempre las distancias para que nunca la dejara mal, como si Isabel fuera una mala raíz.

Se casó con un buen hombre que estaba bien visto por su madre, a la que se sentía tan unida en todo, su brújula, para olvidar a un gran amor que siempre guardó en su corazón.

Un hombre casado que quería dejar a su mujer, una señora altanera que le daba muy mala vida, y estar con Sara, pero esto estaba muy mal visto para Rosario, su madre; «el qué dirán» era vital y Sara, «la buena hija», renunció a la única pasión que había tenido en su vida por no decepcionarla a ella.

A punto de fugarse juntos, Sara dio un paso atrás y, a pesar de las súplicas de su amante, que la quería sinceramente, fue fiel a sus principios y a lo que pensaba y regresó, junto a su madre, para compartir su vida con quien ella le eligiera.

Siempre llena de rabia contenida, perjuicios hacia los demás, quizás porque no pudo hacer la vida que quería, se volvió envidiosa, juzgadora, mirando con desprecio al marido que le habían elegido.

Tanto quisieron las dos a Rosario que por ella renunciaron a lo que más querían.

Acompañaron ambas y Antonio al féretro hacia el cementerio y, en el funeral, mimaron su tumba con flores, como si lo hubieran hecho siempre; parecía una extraña habilidad la forma en la que arreglaban su nicho, como si un lejano susurro les confirmara desde algún lugar que iban a estar ahí en ese momento, cuidando la tumba de los que se iban delante de ellos.

Allí, en ese momento, intentaba acordarse, al igual que había hecho con su madre, de un solo momento, aunque fuera muy lejano, que hubiese sido bonito o cariñoso de Antonio o de Sara, sin encontrarlo, ni uno solo; sin embargo, le invadían cientos de recuerdos nostálgicos de la infancia con su madre, con Juan, sus primas, en su pueblo, esos momentos tiernos que no vuelven jamás.

Capítulo 4
Cristales rotos

Cuando era casi una niña, dieciséis años, era tan bonita que siempre tuvo chicos a su alrededor, tenía salero y era espabilada, brillaba por donde pasaba, era toda una artista.

Quizás ese magnetismo que atraía a todo el mundo desde muy temprana edad, la curiosidad, ese primer beso, los primeros deseos íntimos, el afán por presumir y destacar, fue probablemente lo que marcó un antes y un después en su vida.

Muchas veces pensaba que si hubiera sido gris y anodina, quizás como algunas de esas chicas poco agraciadas y tímidas de su pueblo, casi invisibles para el resto, su destino hubiera sido más sencillo, más fácil, en muchos momentos de su vida.

Los años pasaban y en ese escenario Isabel empezaba a ser para todos su vergüenza, porque siempre fue diferente a ellos; no podían comprender que fuera demasiado desenvuelta, siempre con afán de libertad, de hacer lo que le diera la gana.

Se asomaba a las ventanas de su vieja escuela con la desilusión de saber que su amor no estaría en la placeta de enfrente, donde los muchachos se juntaban para ver a las mozuelas, estaría pasándolo mal en su colegio de Almería, quizás esperando que llegara pronto el verano para volver a verla, o eso deseaba ella.

Más de un castigo tuvo que sufrir en el afán por domarla, y los acechos de Antonio tras los árboles esperándola para darle una terrible bofetada y llamarla «puta» cada dos por tres, llevándola casi a rastras a casa si se le ocurría salir con chicos o llegar tarde.

Pero a ella le encantaba juntarse con los muchachos y bajar con ellos a Los Caños a beber agua, siempre a escondidas, con el pelo alborotado, fundiéndose con el entorno con absoluta naturalidad, saltando con ellos las acequias, sin importarle mancharse totalmente de barro.

Caminando sin rumbo, costumbre que había mantenido en el tiempo en sus escapadas hacia ningún lugar para perderse entre la gente, pasaba las tardes con los chicos del pueblo, que le hacían más caso que sus primas, y con los que encontraba divertido romper las normas, ser una más de ellos.

Ya andaban hablando a escondidas su padre y su tía, que había que doblegarla por «el qué dirán de la gente» en un ambiente tan rígido y provinciano; era imprescindible obligarla a que fuera tan «normal» como se esperaba, y a la fuerza se lo hicieron entender.

En una tarde en la que ya había comenzado el verano, hizo el amor por primera vez con Juan, que volvió de vacaciones y se reencontraron, felices, fundiéndose en un gran abrazo que dio paso a miles de besos, y a un deseo inocente que sabía a ternura.

Juan la cogió en volandas cuando la volvió a ver, dando vueltas con ella en brazos por la plaza y riendo con la gracia que lo caracterizaba; el mundo se paraba de nuevo para ella, devolviéndole sus besos, el corazón le latía desbocado.

Estrechando sus cuerpos —Isabel, sin saber cómo hacerlo, con vergüenza—, literalmente ardían, con ese olor a nuevo, casi a una niñez inconfundible, que Isabel nunca más pudo degustar.

Juan, con la experiencia inusual del que ya tenía mundo vivido a pesar de sus diecisiete años —uno más que ella—, era todo un hombre, muy espabilado y con solera para tratar con mujeres, con las que sin duda había estado.

Sabía perfectamente qué decirle, cómo tocarla, cómo hacerla sentir para que fuera totalmente suya, recorría su cuerpo con el total conocimiento del contorno de una mujer, de sus pechos, que tenía muy desarrollados a pesar de su edad.

Y allí, en uno de aquellos viejos cortijos donde los canteros guardaban sus pesadas herramientas y se cobijaban cuando hacía frío para comer sus viandas, escondidos de todos, se fundieron en uno —Juan con una gran pasión, aunque Isabel, además de su cuerpo, le entregó por entero su alma—.

Los pillaron cuando empezaban a vestirse, en un momento divertido en el que Juan le intentaba abrochar los botones de la blusa y le decía, guasón como era él:

«¡Madre mía, pero, chiquilla, cuántos botones tiene esto!».

Ella se reía, feliz, en una euforia desbocada que hizo que la escucharan algunos de los canteros del pueblo que pasaban cerca del cortijo, y cuando se dieron cuenta de lo que estaban haciendo, los dejaron encerrados, apontocando vigas de madera contra la única puerta que allí había.

Atrapados, sin saber qué hacer, buscaron un sitio por el que salir y descubrieron una ventana que daba al otro lado; corriendo como alma que llevaba el diablo, la atravesaron, sin dudar ni por un momento en romper los cristales para poder huir de allí sin mirar atrás.

Escapando de ellos como si fueran aquellas ánimas de las historias que Josefa les contaba, con pequeños cortes en las manos, provocados por los cristales rotos, y girones arrancados en su ropa, pudieron salir corriendo, cobijándose en la noche.

Y así, con la ropa rasgada, llegó Isabel a su casa, totalmente desaliñada, como más tarde, y a pesar de sus intentos de aparentar glamur, continuamente se mostraba, sin importarle nada, ni la hora, feliz del momento vivido.

Antonio hizo gala de la violencia que lo caracterizaba, tenía que demostrar delante de su hermana quién mandaba, mujer de mal talante que siempre lo había acomplejado y que lo azuzaba para que se hiciera respetar, al igual que hizo su madre.

La abuela que Isabel no llegó a conocer, porque murió muy joven; de hecho, a Isabel le decían en el pueblo que era de armas tomar y que sus hijos obedecían ciegamente todas sus órdenes porque le tenían mucho miedo, aunque también la veneraban.

Antonio, sin pensarlo, cuando la vio así, feliz, descarada y desaliñada, le propinó una gran paliza: su primera paliza y su primera vez como mujer, así se acordaba Isabel de ese día.

Su padre, usando como arma un gran cinturón, la golpeó violentamente, sin piedad, por todo su cuerpo, por los mismos sitios donde horas antes Juan la había besado y la había amado, disfrutando de su juventud y de su virginidad, gritándole:

«¡Puta!». Una y otra vez, hasta quedarse ronco.

Sus primas se habían enterado en el pueblo de su encuentro con Juan en aquel cortijo, la gente no hablaba de otra cosa, la noticia se extendió como la pólvora.

Se lo habían contado a su madre, ellas hablaban de ese encuentro con guasa, como tantas veces que la habían chinchado, pero esta vez la broma llevó a la sangre y a grandes heridas.

Sin que nadie fuera a socorrerla, ni Juan, que siguió su vida como si tal cosa, ni siquiera su madre, que se escondió detrás de la puerta con temor a intervenir, escuchando cómo golpeaban a su niña sin hacer nada, aguantó cada golpe con sorpresa y gran dolor en todos los sentidos.

Estaba ahora convencida de que en ese instante, en esa primera paliza, la flor más bella y más brillante empezó a marchitarse, a sentir que no valía nada: «Seguro soy una puta, lo dice mi padre continuamente. Debe de ser cierto», se dijo entonces a sí misma.

Así, se convirtió en alguien duro y cínico, siempre en la búsqueda de algo, sin saber exactamente el qué, y con el ferviente deseo de huir lejos, arrastrando un eterno dolor por el desprecio de los suyos, que la sentenciaron y la catalogaron.

Todavía podía sentir esos latigazos y las profundas heridas perforándole su cuerpo a tan temprana edad, y es muy posible que en ese mismo instante se le corrompiera el alma.

Tras el funeral, el ambiente era denso, cargado de recuerdos, parecía como si el tiempo se hubiera detenido y la ciudad estuviera desierta, solo había un aplastante silencio y un calor asfixiante.

Una leve despedida a Antonio, casi de soslayo, en la puerta del cementerio y la promesa de seguir en contacto con Sara fue el final de ese triste día, con la certeza de que, como cruelmente Antonio le dijo bajito al oído: «Ya no la vas a ver más».

Como reproche a sus años de ausencia, refiriéndose a su madre.

Capítulo 5
La familia

La vuelta a París en tren parecía interminable, el talgo que la trasladaba de un país a otro circulando toda la noche, como llevaba haciendo desde el 74, estaba plagado de cabinas con literas que tenían aire acondicionado.

La gente que en los vagones circulaba despreocupada y tranquila, saludándola cuando se topaban con ella camino del restaurante que servía la comida con mantel de hilo, era en ese momento su arropo, mientras regresaba a casa.

El paisaje se desfiguraba y todo se oscurecía por la caída de la noche, con el único sonido del traqueteo del tren; Isabel cerró los ojos, respirando con alivio, conforme se iba alejando de Barcelona.

La vuelta a París la reunió de nuevo con su nueva familia, la que ella había construido; París, la ciudad del amor, de los rincones bohemios, lugar de magníficos edificios de época con los que muchos sueñan.

Lleno de turistas españoles en cada rincón, que le da un aire muy familiar, con el eje del Sena bordeado por todos esos palacios de cuento que son la delicia de los enamorados que la han visitado, y que ahora era su hogar.

El primer miembro de su gran familia era su hijo, un precioso niño rubio, tan bueno y dulce como siempre lo había imaginado, que, ya siendo tan pequeño —apenas tenía ocho años—, parecía estar siempre protegiendo a Isabel.

Cuando la abrazaba, cogía su cara con sus pequeñas manos con una madurez temprana que siempre sorprendía, y la miraba con admiración, como ella hacía con su madre cuando era una niña, allí estaba, en sus brazos, tras largos años esperándole.

Martín se había convertido en su mundo, lo era todo para ella, ese amor que en la vida nunca termina, pese a lo duro que resultaba a veces la crianza, y que la llenaba de amor tan solo mirándola a los ojos, su bebé, por el que rezó en todas las iglesias de Italia para recuperarlo.

Dejó atrás el viejo hostal del centro donde vivió durante un par de años para darle un hogar, el que también ella tanto necesitaba, y lo había construido con mucho esfuerzo, cerca de varios parques cubiertos de naturaleza donde los niños jugaban, para que no le faltara de nada.

Se había quedado, mientras Isabel viajaba a Barcelona para el funeral de su madre, al cuidado de la que ya consideraba una hermana, Julia, una mujer alta y grande en todos los sentidos.

Estaba casada con un apuesto y buen hombre, que era maestro, y tenía dos preciosos hijos de la edad de Martín a los que ya consideraba como sus hermanos: no se cansaban de jugar y muchas veces no había forma de separarlos.

Julia trabajaba de telefonista en una centralita por la mañana, y por la tarde se volcaba totalmente en sus hijos, y entre ellos, en Isabel y Martín, a los que adoptó en cierta forma: largas horas de charlas, de desahogos, que se habían convertido en veladas inolvidables.

Momentos que ya habían pasado, con el tiempo, a ser conversaciones sobre sus vidas cotidianas, de la crianza de los hijos, del día a día, sencillas y naturales, como le hubiera gustado tener con su propia hermana.

Sin juicios, sin palabras de reproche, solo la vida de cada una, con cariño y respeto, dos mujeres madres y luchadoras que la vida había unido casi por casualidad.

Vivían en el mismo edificio, lugar al que tanto le costó adaptarse en un principio cuando llegó sola con su hijo, con un miedo constante a no poder darle un hogar y sustento.

Julia le decía a menudo, mirándola a los ojos: «Eres maravillosa, no lo olvides nunca, tú puedes con esto y con mucho más», cuando el miedo y la inseguridad le invadían, como una madre a una hija quizás.

Pese a ser más joven que Isabel, tenía una templanza y madurez asombrosas por todo lo que había pasado en su vida: un accidente casi la deja inválida y fue una niña abandonada y también, en cierta forma, maltratada en muchos sentidos como ella, se comprendían ambas tan solo con mirarse a los ojos.

Habían vivido las dos familias momentos maravillosos, como un crucero que compartieron, entre otros lugares a Mallorca, con su precioso casco antiguo y su catedral gótica cuyo techo en punta parecía infinito.

El barco navegó a Menorca y a sus cristalinas playas, donde los niños chapoteaban sin parar, y a Ibiza, con sus noches llenas de turistas, de *hippies* y de bohemios, pero que también dejaba un hueco para las familias con lugares de diversión singulares y magníficos.

Antonio y el resto de la familia ya sabían de la existencia de Martín, y antes de conocerlo ya trasladó la obsesión que tenía por Isabel a su hijo, fue un viaje angustioso tras una llamada de él recriminándole que se lo llevara tan lejos de viaje siendo tan pequeño.

La falta de confianza en ella hacía que no quisieran perder de vista a Martín, esto le daba a Isabel una inseguridad como madre —que no iba a ser capaz de sacarlo adelante ella sola— que aún hoy, en el fondo, todavía tenía.

Sin embargo, el crucero fue inolvidable, pasearon por Mallorca en coche de caballos, en yate por Ibiza, se bañaron en las playas de Cerdeña, que eran color verde esmeralda y que los dejó impresionados: disfrutaban de lo lindo de cada lugar donde el barco atracaba.

Se lo pasaban en grande participando en los bailes acrobáticos de la piscina del barco, que hacían las delicias de todos, sobre todo de los niños, que bailaban y chapoteaban sin parar mientras otros tomaban el sol en sus tumbonas.

Aquellos bufets libres en los que podían comer de todo y, como niños, todos cogían platos de más solo por el placer de degustarlos; las noches en el restaurante, vestidos de etiqueta, y cómo se tambaleaba el barco mientras los camareros servían la comida.

Los niños salían corriendo, tropezando con ellos, y a más de uno se le cayó la bandeja entre los gritos de Julia e Isabel, pidiéndoles que se estuvieran quietos, y los amplios pasillos del barco, que daban a grandes salas de juego y baile abiertas hasta altas horas de la noche.

Llegaron a París agotados pero felices y con preciosos recuerdos que comentaban de vez en cuando en las tardes de charlas y risas en ese edificio en el que todos vivían y que poco a poco se convirtió en su castillo.

Le llenaba de paz y de felicidad asomarse a la ventana y contemplar aquel paisaje repleto de naturaleza y de luz, y en esos momentos, su hogar la arrastraba más que nunca a quedarse en él, por el duelo de su madre.

Acostada en su cama, y mirando la arboleda, descansaba exhausta tras el viaje, como si hubiera vuelto de mil guerras.

A su madre, como le dijo Antonio, ya no la iba a ver más; estaba derrumbada por la culpa, por todos esos momentos que había dejado de compartir con ella por no enfrentarse más a su padre, por la rabia que le tuvo durante los últimos años, cuando pensó que no la quería lo suficiente como para ayudarla y defenderla.

Todo había terminado con algunas llamadas de Sara y de Antonio, largas conversaciones telefónicas en las que lloraban por Rosario y que la dejaban atrapada en el tiempo con ellos.

Isabel se sentía como si en ese momento fuera su madre, escuchando a Sara en su dolor, quizás con la esperanza de que ahora sí la quisiera y la entendiera; parecía que por fin la tenía en cuenta, que la valoraba.

Durante años, Sara se había acostumbrado a sus interminables conversaciones con Rosario, siempre cómplices, y parecía como si hablar con Isabel le recordara en cierta forma a aquellos momentos que ya no volverían.

¡Los tres la echaban tanto de menos!

Ella cada día se acordaba de sus mejores momentos junto a su madre, pero Antonio y Sara la necesitaban, y también necesitaban que Isabel los escuchara, Antonio en su soledad y Sara con sus problemas.

Sin esperarlo, le habían dado su papel, el de consejera, la que escucha siempre largas conversaciones de desahogo y consuelo, como las que Rosario tenía con ellos cada día.

Sin embargo, no podía dejar de pensar que Antonio la fue matando lentamente con sus desprecios y reproches, que no cesaron ni un solo día, además de soportar todos sus escarceos.

Sara insistía en que volviera a Barcelona a cuidar de él, y en el fondo, «ese era el motivo de sus llamadas», le volvía a echar en cara sus errores, como si volver allí fuera una forma de redimirse «y quizás también para estar tranquila con sus problemas y frustraciones», se lamentaba.

Isabel ya estaba cumpliendo en París su sueño de ser fotógrafa, sector en el que consiguió ser una de las primeras que habían recorrido las calles con su cámara, e incluso algunos de sus trabajos se los habían expuesto en pequeñas galerías.

Un talento al que poco a poco se atrevió a aspirar y por el que estaba reconocida en toda la ciudad como una artista que sabía plasmar a todo el gentío, y en eventos, donde hacía fotos a mujeres bien vestidas y a señores mayores de gran abolengo.

Un entorno burgués de una sociedad disfrutona, ambientes en los que, por ser una de las pioneras en el género fotográfico, la invitaban a encorsetados eventos para poder ejercer la profesión que tanto le gustaba.

Luego, se sumergía en miles de historias diferentes en contraste con lo cotidiano; con su humilde cámara fotografiaba al principio a las gentes de los suburbios, llevando al cuello su cámara de fotos como rasgo de su atuendo personal, junto a su gabardina de porte masculino.

En el año 1985 ya había pasado mucho tiempo desde que la mujer vestía como le daba la gana, se habían roto muchas cosas y la libertad era un estandarte, e Isabel intentaba simbolizar ese empoderamiento con una imagen de mujer independiente y también de alguien un poco cínico.

Con una apariencia siempre masculina, imitando la moda de los nuevos diseñadores, se desenvolvía por París con total libertad y seguridad, con sus enormes gafas negras y pantalones holgados de enormes bolsillos, donde reposaba siempre sus manos mientras aligeraba el paso.

Solía ir con todo a juego, quizás intentando ser original, con su largo y negro pelo totalmente alborotado: no podía evitar que tuviera siempre un aire descuidado, como lo había estado siempre su interior.

Sacaba el alma de niños pobres, mujeres de mala vida y vagabundos ciegos que pedían limosna junto a los cafés en aquellas fotos; le parecía fascinante plasmar las escenas del París más bohemio, años enteros de vida urbana con fragmentos de lo más auténtico, y los pintores que trabajaban en la calle con sus obras.

Parecía como si de una droga se tratara, el deambular por aquellas calles para cumplir la misión de fotografiar todos aquellos mundos, y la gente se dejaba fotografiar, algunos con caras malhumoradas; siempre buscando alguna peculiaridad que inmortalizar.

Hasta pudo fotografiar huelgas en Francia que dejaron sin habla a medio mundo, los fotografiaba incluso con los dientes fuera, épocas de muchos cambios importantes en la sociedad francesa, donde hacía tiempo que tenían menos hijos y tomaban más vacaciones.

El consumo y el ocio, la cultura, los *baby boomers,* la llegada masiva de jóvenes que inundaban las universidades, amantes de la música, un cambio de lo antiguo a lo nuevo, con la emersión de nuevos artistas, escritores y científicos.

Se sentía por primera vez como pez en el agua en aquel mundo; tenía amistades anarquistas, libertarias, que lo habían sido desde sus orígenes, con el lema de vivir libremente como quisieran, algo que fascinaba a Isabel por lo distinto a lo vivido.

Pero una llamada de Sara lo cambió todo.

«¡Papá se ha caído, lo han tenido que hospitalizar!», gritaba Sara, llorando desesperada.

Capítulo 6
Un nuevo comienzo

Volvió de nuevo a Barcelona ya con Martín en los brazos; cogió de nuevo el tren de vuelta pensando que conocer a su nieto le iba a hacer bien, que lo querría tanto cuando lo viera que iban a quedar atrás todos los rencores.

De camino en este nuevo trayecto, la campanilla del tren le parecía ahora similar a los toques de queda de Macael, que indicaban fielmente los extensos turnos de trabajo que tenían que cumplir, similar también a la campana de su escuela.

Tanto era así que incluso cuando llovía, arropados con sacos para no morir de pulmonía, se quitaban las desgastadas alpargatas y continuaban picando las minas, totalmente descalzos.

Los peones que no estaban especializados eran pagados en especies muchas veces, y aunque la mina siempre dio a Macael trabajo —si no de minas propias, sí trabajando para otros—, las duras tareas diarias hicieron que muchos emigraran en busca de una vida mejor, aunque fuera un oficio de prestigio.

Las especies se solían comprar en el economato, mercados propiedad de los terratenientes, y posteriormente se lo descontaban del sueldo, un círculo de confianza donde la subsistencia estaba garantizada, pero unos pocos aspiraban a una vida más cómoda, a pesar de estar tan cotizados en España.

Demandados para hacer iglesias, sustituían a los escultores, por ser tan finos en su trabajo que podrían tener incluso derechos de autor; en la Sagrada Familia muchos fueron los canteros que participaron en su construcción de forma anónima con una labor propia de escultores, un pueblo de artistas.

El desbordamiento de los ríos con las lluvias hacía que se pudrieran las parraleras, ya que las uvas también se cosechaban, se plagaban de medias lunas que las mujeres del pueblo saneaban en los almacenes uva a uva para envasarlas y enviarlas fuera.

A duras penas, durante un tiempo, sobrevivieron con la recogida de la aceituna gracias a los bancales que sustituyeron a las parraleras y con las cosechas del pimiento y tomate, que cocinaban para las comidas de la recogida en el campo.

Los que podían seguían viviendo del mármol, duras labores de sol a sol que obligaron a muchos a dejar su hogar con toda la ilusión de encontrar lo que en su tierra no pudieron conseguir, un poco de fortuna.

Cataluña, la llamada «novena provincia andaluza» durante los años 50 y 60, donde cerca de la mitad de los andaluces salieron de su tierra en pos de un futuro mejor y se instalaron en ella.

Otros se fueron a Francia, a la vendimia de la uva, para hacer los vinos, y los más aventureros cogían el barco de mercancías y se iban a Argentina sin saber si iban a llegar, meses en el mar sin comunicación con su familia, ni las tan deseadas cartas que les hubiera gustado enviar.

Se acordó con estos pensamientos de un niño de su pueblo, Eduardo Cruz Rubio, hijo de canteros que ya con siete años hacía cruces para el cementerio, se fue con su familia a Argentina cuando cumplió la mayoría de edad, en los años 50, y que se consagró como escultor.

Eduardo se relacionó con artistas que le enseñaron y le ayudaron a plasmar su arte en el mármol que posteriormente pudo aplicarlo a sus inmortales y coloridas escaleras, «El sueño del cantero», de estilo Gaudí.

Un artista polifacético que expresó su arte a través de la escultura, la cerámica, el dibujo y el grabado, y que heredó su arte de su padre y de su abuelo, que lo introdujeron en la escultura.

Cuando emigró con su familia a Argentina, se le abrieron todas las puertas del arte gracias a su espíritu soñador que nunca dejaba de madurar y de investigar, lo que le llevó a una vida llena de reconocimientos y una preciosa trayectoria como profesor.

Siempre en la búsqueda del arte, se trasladó con su mujer y sus hijos a Los Ángeles, EE. UU, donde tuvieron gran relevancia sus obras, y allí se dedicó a la artesanía, estando en contacto con poetas, pintores, músicos, filósofos y artistas que fueron su inspiración.

Sus creaciones emanaban una poesía y magia inigualables que evocan la nostalgia de su niñez, llenas de ternura y esperanza, y también con un mensaje de conservación del medioambiente y la aniquilación de las guerras para el mundo, otro héroe que dejó huella en su pueblo y que nunca olvidarían.

A Isabel le parecía que había pasado un siglo desde que se mudaran de su pueblo a Barcelona, soñando con esa vida mejor, casi como un sueño americano; Barcelona estaba llena de grandes promesas, ilusiones y triunfos, todo el mundo en su pueblo anhelaba ir allí y tener un nuevo comienzo.

Los andaluces venían en bandadas ante la gran demanda de trabajadores en Cataluña, aunque se tomaban medidas muy rígidas por parte de las autoridades franquistas para impedir que siguieran llegando a las ciudades catalanas.

Incluso deportándolos, nada pudo detener ese flujo, y la corriente migratoria de charnegos, como los llamaban los polacos, se disparó más que nunca, formando parte por siempre del pueblo catalán.

Todos los que iban encontraban trabajo, a pesar de las dificultades para entrar, y muchos de los que estaban podían decir que tenían sangre en las venas de la fusión de ambas regiones que en aquellos tiempos emergía.

También huían de los comentarios sobre su padre: había tenido una amante en aquellos años y en aquel entorno, que fue todo un escándalo, todavía tenía grabada la imagen de su madre esperando su regreso, cuidando de Sara y de ella.

La amante de Antonio era la mujer de uno de los canteros, todavía no había cumplido los cuarenta años y ya tenía el aire nostálgico de las mujeres entradas en años que trabajaban en los talleres y cargaban con el mármol.

Su paso por las minas, camino de los talleres, era lo único que le ilusionaba, para cruzar la mirada con Antonio, de forma fugaz y clandestina, estaba enamorada de él.

Así, iniciaron una amistad que los marcó a todos, hablando de tantas cosas con las que se reían, y él sintió por primera vez que era alguien, por la forma en la que ella lo miraba.

En alguna ocasión Isabel los encontraba cuando iban por el pueblo juntos, casi cogidos de la mano, besándose a escondidas, y sentía un dolor infinito por su madre, que lo esperaba en casa, como siempre, como el único motivo de su existencia.

Tan prendado quedó con ella, Francisca —que a pesar de esa tristeza que tenía siempre en los ojos, tenía muy buena planta—, que decidió, a tan solo unos meses de empezar su relación clandestina, que se irían juntos del pueblo.

Isabel los vio, escondida tras un árbol en una noche gélida y lluviosa, cuando salían de su casa llevando una maleta consigo, escapando hacia su nueva vida, mientras a ella la lluvia le calaba los huesos; iban felices, ilusionados, como dos chiquillos que se iban de vacaciones.

No sospechaban quién los observaba desde el otro lado de la calle, mojada y perpleja, mientras ellos disfrutaban de su felicidad, en ese momento y en los cuatro años que estuvo Antonio fuera de casa, viviendo con ella.

Ni siquiera estaba Juan para contárselo, se había ido al finalizar el verano para continuar sus estudios en su colegio, sin despedirse: abandonada dos veces, así se sentía, y Rosario continuó esperando su regreso cada día.

Así comenzó una etapa que, por otro lado, sin la presencia de Antonio, era más tranquila: por primera vez no había peleas, ni voces, solo paz, y una madre dándoselo todo a sus hijas.

Fue una época hermosa para las tres, juntas, unidas y felices, en la que la armonía reinaba, aunque Sara le echaba en cara al principio que se había ido por su culpa, porque lo traía loco con sus locuras, así se lo contaba Antonio a Sara para excusarse de su aventura.

Pero la preocupación por subsistir como se podía, haciendo pleita, vendiendo pimientos en el mercado y llevando entre las tres la mina, lo armonizó todo e hizo que todas aquellas primeras discusiones de Sara y ella desaparecieran.

Las ayudaba un muchacho del pueblo al que pagaban con el dinero que les enviaba Antonio, que, sin embargo, siempre procuraba que no les faltara de nada, se había ido a trabajar a los invernaderos de Almería y, aunque no olvidaba a la familia que había dejado atrás, ya se sentía parte de otra, de la que ya no podía desprenderse.

Sara e Isabel, en un entorno más amable y sin tensiones, se dedicaban a estudiar, más concentradas que nunca, y ayudaban a su madre en lo que podían, les encantaba estar en casa las tres juntas.

Su tía y sus primas miraban con recelo lo bien que estaban, les recriminaban que estuvieran más lustrosas, incluso le llegaba a decir su tía a Rosario: «Mujer, que parece que se están poniendo más gordas las niñas, ten cuidado, que tú engordas a la gente con tus guisos», le decía, envidiosa de la tranquilidad y paz que irradiaban sin su hermano, aunque era cierto que las tres habían cogido varios kilos.

Sin embargo, la felicidad no duró para siempre; la nueva relación de Antonio no iba bien, todo eran peleas a degüello en la vieja casa de Almería a la que se fueron a vivir.

Los dos tenían el mismo carácter y, pasados los primeros momentos de pasión, con la rutina insertada en el día a día, llegaban casi cada día a las manos, porque ella no se callaba como Rosario y le plantaba cara.

Así, Antonio empezó a valorar lo que había perdido, a una mujer que lo aceptaba tal y como era y que lo valoraba por lo bueno que tenía, echaba de menos a su familia y Francisca a su marido, un hombre tosco, de cortas luces, con el que llevaba casada varios años.

Ambos volvieron al pueblo y Rosario recibió a Antonio con los brazos abiertos, lo acogió de nuevo como si esos años no hubieran existido; desde el mismo día todo volvió a la normalidad e incluso retomaron la pasión que tenían de jóvenes, Isabel incluso una noche los escuchó amándose como si lo hubieran hecho por primera vez.

Sara y ella lo miraban desconfiadas, el mismo pueblo lo juzgó sin piedad, por lo que no quería ni salir a la calle, para evitar las miradas de reproche, en gran parte por el gran aprecio que sentían por Rosario, su madre.

Francisca no tuvo la misma suerte, su marido no estaba dispuesto a perdonarla y se alió con sus cuñados, sus hermanos, para perseguir a Antonio, estaban rabiosos, querían venganza por la deshonra que habían sufrido.

La aventura de ambos había estado durante años en boca de todos, y cada vez que se lo cruzaban, le advertían que se fuera del pueblo si no quería terminar como ella y a palos, porque tuvo que salir del pueblo sola, desamparada y con un buen escarmiento.

Acompañando a todos los que se iban a Barcelona para trabajar en la vendimia y en lo que pudieran, sin recursos, salvo sus propias manos, en una forzosa huida del pueblo, Francisca se fue en busca de una nueva vida.

La mitad de los españoles que emigraban durante el franquismo lo hacían de forma irregular, con visado de turista de tres meses que solo daba para, una vez llegaban, ir corriendo a buscar empleo.

Muchos trabajaban de peones en el campo, y no estaban muy bien vistos en muchos países, incluso les ponían impedimentos para alquilar; además, se evitaba contratar a las mujeres por poner en riesgo la moral.

Viajaban todos en un tren nocturno que bordeaba Valencia para llegar a Cataluña y en el que compartían viandas entre ellos de forma solidaria, como un símbolo de unión ante un futuro incierto al que estaban a punto de llegar.

Allí, lo que le ofrecían principalmente eran barracas en malas condiciones, Francisca pasó demasiado tiempo en una de ellas, en contacto siempre con Antonio; aunque habían terminado la relación, le escribía contándole que no se encontraba bien de salud: realmente él era lo único que tenía.

Este desenlace marcó para siempre a Antonio, que en su afán también por comenzar de nuevo lejos de todos ellos, seguramente por miedo a las represalias y también con el secreto deseo de volver a encontrar a Francisca en Barcelona, nunca supo Isabel si por lástima o por amor hacia ella, les llenó la cabeza de sueños para poder ir allí a Rosario y a ella.

De esta forma consiguió que se mudaran con él a Barcelona, aunque Isabel también tenía otra razón, encontrar allí a Juan, que no había regresado como siempre en los veranos.

Llegaron al pueblo rumores de que sus padres habían muerto en un incendio, no sabían si provocado, mientras dormían en su casa de Barcelona a la que se habían mudado hacía unos años, y ya nadie supo del paradero de los tres hermanos, si seguían internados o si alguien se estaba encargando de ellos.

Atrás dejaron a Sara con su marido, que en ese mismo año, con sus veinticinco años ya cumplidos, se había casado con un cantero de una familia muy respetada en el pueblo, e Isabel y su madre, Rosario, acompañaron a Antonio a ese paraíso idílico que les vendió.

Partieron hasta Barcelona en el tren con su perrita, un cariñoso animalillo que les regalaron en el pueblo cuando estaban solas tras su marcha, y del que su padre se deshizo nada más pisar tierra catalana, presagio de que nada bueno podía pasar.

Todo el pueblo quedó atrás y ahora, ya hecha una jovencita de veinte años, tenía grandes proyectos para el futuro, le seducía mucho la idea de cambiar de ciudad. Y, sobre todo, estudiar fotografía, que era lo que le apasionaba; había leído sobre las primeras fotógrafas en Barcelona, como Joana Biarnés Florensa, que había estudiado en la Escuela de Periodismo de Barcelona.

Mujer atrevida y gran profesional que se arriesgaba mucho con tal de conseguir la noticia que buscaba, y que había fotografiado a grandes artistas y cubierto cientos de eventos.

La admiraba, y también a grandes precedentes que fueron casi invisibles para la historia, como Amalia López Cabrera, que fue la primera mujer en España en abrir un estudio de fotografía propio en 1860, una gran aventurera, alumna de Louis Daguerre, el gran precursor del arte fotográfico.

Tenía también la ilusión de encontrar a Juan, que se fue sin una despedida; quería pensar que era por su traslado a Barcelona, suponía no le habrían dejado sus padres, lejos quedaban los recuerdos de su infancia, amigos y primas del pueblo —toda una vida—, que, con los años, se convirtieron en sus más bonitos recuerdos.

Aunque nada fue como esperaban; las condiciones de trabajo eran duras y Antonio se sentía desarraigado, sintiéndose un extranjero, y con gran desazón por llevar una doble vida en casa y con su amante, a la que había localizado a través de un conocido del pueblo: estaba más violento que nunca.

Quería estar con su familia, pero a la vez se sentía responsable de Francisca, andaba delicada de salud y no tenía ningún amparo salvo el que él le procuraba, esto le generaba un conflicto que pagaba con ellas cada vez que entraba en casa.

Les daba miedo cada vez que entraba por las puertas de aquella chabola provisional, mientras encontraban un sitio mejor; fueron dos largos años en aquella lúgubre y oscura vivienda donde no entraba la luz, en todos los sentidos.

El romance de Antonio terminó con la muerte de Francisca por una enfermedad pulmonar, y él llevó siempre esta culpabilidad en el alma, y era curioso cómo en el fondo todas, Rosario, Sara e Isabel, sentían pena por ella en vez de resentimiento.

Después de su muerte, Rosario y Sara corrieron un tupido velo, pero ella, que los había visto varias veces en Barcelona paseando, felices, antes de que Antonio le confesara a Rosario que Francisca estaba allí y enferma, no podía dejar de odiar a Antonio, por eso y por todo el daño que le había hecho y que le seguía haciendo con su carácter y violencia.

Para Rosario y Antonio lo único importante en ese momento era sobrevivir, en una época en la que ya no había esa solidaridad del pueblo en la que al menos les unía la desgracia.

Antonio trabajaba todas las horas extra del mundo, andando horas y horas desde el campo donde trabajaba hasta los suburbios del área metropolitana de Barcelona donde vivían, todo para poder ahorrarse unas míseras monedas, que en ese momento eran vitales y que era lo que costaba ir en tranvía hasta las tierras donde trabajaba.

Consiguió ese trabajo por recomendación de un familiar lejano que llegó hacía un año y que hablaba maravillas de todo cuanto estaba viviendo, y así comenzó de jornalero.

Y aunque le costó sudores, consiguió un puesto de capataz que estaba vacante gracias también a que estudiaba de noche para aprender a leer y a escribir, mientras ellas dormían.

Poco a poco se arraigaron, se compraron un pequeño piso y hasta un coche; Rosario cosía para las vecinas y con eso se ganaba algunas pesetas; Antonio podía tener unos días de descanso, seguro médico y un sueldo fijo, aunque la nostalgia siempre estuvo ahí por la tierra que dejaron atrás.

Habían comenzado los años 60 y en Barcelona emergía una época de modernización agrícola, de incremento de la industria, la sociedad rural estaba cambiando a otra urbana-industrial y también más deshumanizada.

Fueron así testigos del impacto del turismo, un *boom* que no hacía más que empezar, con una década de despegue del sol y de la playa, del movimiento *hippie* y la minifalda, la locura por los Beatles y el baile del *twist* en los guateques, mejora de salarios, reducción de los horarios laborales y la aparición de los primeros Seat 600, que acercaban a las familias a las playas, muchos cumpliendo el sueño de ver el mar.

Pero Isabel solía soñar por las noches con un futuro bien lejos de allí, aparecía caminando por esas grandes ciudades donde siempre imaginaba ir y que finalmente, con el tiempo, pudo visitar: Florencia y Venecia, con sus antiguos edificios flotando en el mar.

Del traqueteo del tren, Martín se quedó dormido en sus brazos, quedaba un largo camino aún para llegar a Barcelona; arropando a su niño echaba la vista atrás, pensando si quizás debió ser más fuerte, que no le hubieran afectado tanto las cosas, empezar entonces a estudiar, se lamentaba.

Aunque la vida en aquel lugar oscuro y silencioso, silencio que se rompía estrepitosamente con los gritos, insultos y peleas diarias, más horribles en esa época, era del todo insoportable: las noches siempre terminaban con la almohada de su cama llena de lágrimas.

Tenía la rotunda necesidad de salir de allí y comenzó sus escapadas nocturnas, que terminaban con una vuelta a casa en la que Antonio la esperaba para darle una bofetada tras otra llamándola «puta» una y otra vez, como de costumbre, sumergida en rincones de gente sin fe, queriendo escapar de ese hilo rojo invisible que a su gente la ataba sin remedio.

Capítulo 7
Rincones sin fe

Siempre iba por Barcelona con la nariz mirando al cielo, como si fuera alguna actriz famosa de los años 50, totalmente provocadora, con unos andares excesivamente erguidos, aunque tambaleantes tras aquellas noches salvajes en las que se sumergía.

Al principio salía al puerto, le habían confirmado gente del pueblo que Juan y sus hermanos estaban allí, en Barcelona, tras la sospechosa muerte de sus padres en el incendio, según decían, provocado por alguno de sus acreedores, aunque no había pruebas; por lo que habían tenido que sobrevivir dedicándose al estraperlo en los muelles.

Su padre prácticamente los dejó en bancarrota por sus deudas: sus negocios habían quebrado hacía tiempo y, aunque guardaron las apariencias hasta casi el final, por último, tuvieron que venderlo prácticamente todo.

Lo único que les quedaba tras el incendio de su casa de Barcelona era el caserón del pueblo, que ya tenía sus novios para venderla, decían que los hermanos vendían en los muelles cualquier tipo de mercancía que se pudiera transportar y a buen precio, sedas, artículos de todo tipo, que salían del país y que con esto se ganaban el sustento.

Seguían, en cierta forma, el negocio de su padre con lo que tenían, aunque también criticaban las malas lenguas que malvivían en barrios de baja reputación y que iban acompañados de prostitutas a menudo, eso decía la gente del pueblo que estaba en Barcelona cada vez que los nombraban.

A Isabel no le extrañaba, siempre habían tenido mucha picardía, y a ninguno le gustaba estudiar; además, tenían un talante y desparpajo que bien podían ser propios de los mejores comerciantes en negocios como aquellos, que necesitaban de buscavidas, cualidades que ellos sin duda tenían.

A veces pasaba por allí tras sus noches de fiesta, con la esperanza de encontrarlo, encendiendo ese eterno cigarro en la comisura de sus labios que nunca le abandonaba.

Al igual que no le abandonaron las primeras copas que empezó a beber en aquellos laberintos de callejuelas estrechas que apiñaban una densa población de emigrantes españoles y extranjeros, dando al ambiente un aspecto original por su forma de vivir y de sentir.

Todo un entorno pintoresco que llenaba de vitalidad las calles y que le hacía salir de las cosas más habituales para observar aquella gente que se buscaba la vida de cualquier forma.

Se había comprado una pequeña cámara con un dinero que su madre le dio, y con ella le gustaba fotografiar a esas gentes, respirar la humedad de los adoquines cuando se regaban y sentir el fuerte olor a fritanga de los bares.

Era un distrito asociado a crímenes, lleno de tabernas de muy mala fama, con una actividad incesante en la «hora feliz» del día, cuyos sobrios y oscuros ambientes la atraían como un imán.

Su imagen de barrio «canalla» lo convertía en un nido de viciosos por lo que encerraban aquellas turbulentas y sombrías calles, irresistible lugar para curiosos intrépidos como ella, rincones que encerraban mil misterios y tenebrosas historias.

El Barrio Chino de Barcelona, un espacio de marginalidad, pero también de libertad, un lugar donde convivían los inadaptados y los fracasados, los prostíbulos piojosos y las prostitutas de buen corazón, los borrachos y los pequeños delincuentes.

La burguesía más izquierdista se mezclaba con los personajes marginales y decadentes, un movimiento de intelectuales, profesionales y artistas de izquierdas mezclados con la burguesía catalana y a los que les gustaba ese ambiente liberal y también de modernidad.

Había también en el barrio policías que se dedicaban a perseguir comunistas y «maricas», intelectuales, muchos de renombre, aunque la cultura gay ya empezó a aparecer sigilosamente por ser una ciudad menos conservadora.

También había casos de sádicos que cazaban a los homosexuales, alguno había que se camuflaba como prostituto en la comunidad gay para perpetrar crímenes salvajes, seguramente guiados por traumas de abusos en su infancia.

Quizás esa marginalidad fue la que fascinó a los bohemios, que se valieron de la cara menos amable de Barcelona para inspirarse y de paso dar rienda suelta a sus deseos más oscuros.

Para Isabel eran sus escapadas anónimas, cuando nadie la veía ni nadie la conocía, como una doble vida en la que penetraba a través de un laberinto oscuro que era solo suyo y en el que transformaba ese desgarro emocional que le inundaba, en risas y juerga.

La imagen de alguien que no pedía perdón por nada jamás y que veía en esas noches sin fin una luminosa destrucción; este mundo se convertiría en una oscura fantasía, provocándole un especial morbo terminar la noche en aquellos rincones.

Todo era risa, sin sentimientos ni compasión para todos los que se le acercaban, y muchos fueron los corazones que rompió; la noche fluía con amistades vacías, pero que con la embriaguez del momento lo eran todo.

Como un lobo solitario conocido por todos, al llegar, se encontraba con gente que en ese momento parecían amigos del alma, y con ellos se fundía en risas y fiesta, carcajadas que la hacían llorar, todo era tan intenso como lo era el ambiente en sí, que estaba siempre en ebullición.

El barrio estaba lleno de tabernas en las que las mujeres tenían un papel prioritario, para regentarlas y para buscar clientela, algunas con papeles matriarcales que dirigían los locales con puño de hierro y que, a la vez, eran condescendientes con los clientes.

Mandaban a todo el mundo a callar cuando había peleas, poniendo a todo el bar firme, y participaban en la juerga para que todo se animara, gente sin fe que hacía de aquellos lugares su mundo.

Una de ellas era Pepa, una mujer soltera que vivía por y para su bar, del que era dueña y estrella, regentándolo con gran carácter, y donde Isabel iba con frecuencia; Pepa la miraba con condescendencia cada vez que entraba en su bar:

—¿Qué, otra noche de parranda? —le decía—. ¿No sería mejor que te fueras a tu casa, niña? Estos no son ambientes para una señorita.

—No —le respondía Isabel, ya un poco ebria—. No quiero volver a casa, no quiero ver a mi padre, prefiero mil veces estar en tu bar, que lo siento como mi casa.

Y se ponía en la barra del bar con Pepa, ambas se habían cogido cierto cariño, y mientras se tomaban algunos tragos con los que brindaban, observaban a los que siempre salían a bailar borrachos.

Se caían graciosamente en el suelo, con esas incesantes bandas sonoras que les evocaba lo que hacía años vivieron y que con mucha tristeza recordaban como si toda su vida hubiera pasado ya.

Situado en lo más profundo del Barrio Chino estaba el bar de Pepa, en el que no alternaban los personajes ilustres de la ciudad, ni tampoco había actuaciones de nadie famoso, ni nada que lo diferenciara del resto de las barras de Barcelona, pero estaba ella.

Era un bar que atrapaba nada más llegar por lo que ocurría allí dentro, una especie de safari social, estaba allí bailando con Pepa, que no dudaba en destaparse, quitarse su típica bata, para entonar a grito pelado un cante flamenco.

Pepa tenía unos cuarenta años y en su rollizo cuerpo y sus grandes ojos había una gran belleza y gracia: se ponían muy intensos cuando adoptaba su papel matriarcal en el bar.

Su mirada se tornaba de picante a asesina para que todos los que allí estaban hicieran lo que ella ordenaba, y algunos días disparaba al techo con una escopeta que tenía escondida tras la barra hasta que todos se callaran o se fueran.

Isabel se ganó la confianza de los que allí había con el tiempo, los fotografiaba, y también los espectáculos de Pepa, y al final eran ellos los que le pedían fotos de todo tipo.

Así, al amanecer, con el extraño silencio que invade cuando todo se acaba, ocurría la liturgia de las despedidas, muchas veces provocadas por Pepa, que prácticamente los echaba para poder cerrar, anunciando la vuelta a su realidad, dándola los suyos por perdida.

Noche tras noche, para volver a empezar, y a tempranas horas de la mañana, tras esas noches frenéticas de fiesta y vino, se paseaba por el barrio observando a la poca gente que quedaba alrededor —los vagabundos, algún despistado que seguía ahogando sus penas, las mujeres de mala vida—, fotografiando a todos con su rudimentaria cámara.

Era su gran vocación inmortalizar los rostros de la gente, y en particular el de esas personas grises y bohemias que se encontraba por las calles, y también el de esas mujeres de poses divertidas y que daban grandes carcajadas.

Entraba en un mundo paralelo lleno de aventuras y personajes inverosímiles de un cuento grotesco, perdida en un apasionante paisaje, irresistible y absurdo a la vez, que le cautivaba, como si fuera parte de un infierno que ella misma había construido, del que se sentía parte y que creía que merecía.

Capítulo 8
Viaje al fondo del abismo

El Barrio Chino, lugar literario idóneo, imaginario que atrajo a periodistas, artistas, poetas y escritores, lugar de paso de transeúntes que llegaban a la ciudad, refugio de bohemios y revolucionarios románticos, centro de diversión para los habitantes de Barcelona.

Paseaba en las noches por ese laberinto de callejuelas estrechas impregnadas del olor aceitoso de las cocinas de los bares, le fascinaba observar el aire pintoresco de los que deambulaban de arriba abajo buscándose la vida, la nota original de su manera de vivir.

Y en una de aquellas noches conoció a Rafael; todavía recordaba la primera vez que lo vio, pequeño pero garboso, siempre muy bien arreglado, oliendo a perfume y con un típico pañuelo de colores en la solapa de su chaqueta, que a Isabel en un principio le pareció bien ridículo.

Era un empresario catalán de mediana edad que iba siempre muy repeinado, con ademanes estirados y un comportamiento tan perfecto que resultaba artificial, estaba casado y tenía un hijo que estudiaba en un colegio de Francia.

Siempre andaba hablando en el bar de Pepa de una vida de *glamour* que ya formaba parte del pasado y que era sabido por todos que en gran medida exageraba, contaba que vivía en una gran casa en las afueras, queriendo transmitir una imagen de triunfo y perfección que a ninguno, excepto a Isabel, ya impresionaba.

A Rafael le gustaba, al igual que a ella y a muchos otros, salir de su normalidad y adentrarse en ambientes bohemios, y en cierta forma también le embriagaba su veteranía, ese porte de caballero que siempre le acompañaba.

De vez en cuando entraba en el bar de Pepa, le gustaban los garitos donde tomar de vez en cuando una copa y compartir unas risas con conocidos de la noche, conversaciones que estaban llenas de guasa y de ninguna profundidad.

Llevaba toda la vida intentando dar a su familia un nivel de vida por encima de sus posibilidades y esta gran presión, de su familia, acostumbrados a disfrutar de grandes lujos, y la de las pérdidas de sus negocios, era tan grande que necesitaba otra paralela en la que divertirse todo lo que pudiera.

En el Para·lel había hecho grandes inversiones, centro artístico de ocio desde hacía años, la envidia de toda Europa, epicentro de la noche barcelonesa, con sus teatros, cabarés, salas de baile y bares.

En los años 60 ya había llegado a su decadencia y algunos de sus teatros se habían convertido en cines, aunque aún conservaba muchos de los espectáculos divertidísimos y canallas que se extendían en una avenida de dos kilómetros que todavía seguía siendo visitada por actores de todo el mundo.

La fauna local allí era de lo más variopinta: prostitutas al acecho de clientes, traficantes de opio y cocaína y artistas de moral relajada que proporcionaban recreo a una burguesía que se aburría y que practicaba una doble moral, como Rafael.

Desde hacía años había sido un reclamo turístico de Barcelona de intensa actividad escénica, lleno de energía y de grandes artistas, tan entregados que trabajaban casi sin ver la luz del sol y en los que había invertido mucho dinero.

Había tenido pérdidas insalvables cuando comenzó el declive, y esto lo tenía especialmente nervioso; negocios que antes habían sido tan rentables y que habían dado trabajo a tanta gente ahora tenían que reinventarse en otros o directamente cerraban.

Esta situación sin vuelta atrás hacía que Rafael bebiera con frecuencia; además de la gran mochila que tenía con su familia, la situación era tan insostenible que noche tras noche también hacía sus escapadas anónimas en oscuros rincones como el resto que allí estaban.

En el pasado había reclutado a muchas chicas para sus espectáculos, en el barrio se le conocía como un descubridor de talentos, y eso a Isabel le produjo una gran curiosidad, por él y por el Paral·lel.

—Chiquilla —le decía en un tono casi paternal—, ven aquí conmigo y cuéntame cómo una chica tan bonita como tú está aquí, pasando el rato con estos borrachos.

»¿No será mejor que nos vayamos a un sitio en condiciones donde cenar y escuchar buena música con tan buena compañía?

Ella al principio se sonreía, mirando para otro lado, aunque la curiosidad pudo con ella y empezaron a saludarse divertidos, con guiños de complicidad, para continuar por compartir con Pepa, que los presentó, alguna que otra copa.

Y comenzaron a quedar; cada noche que iban al bar de Pepa se encontraban, le fascinaba su conversación elocuente llena de ingeniosas frases, le hacían tanta gracia sus ocurrencias y cómo la retaba y la chinchaba para ver cómo ella respondía.

Era un humor inteligente que ella nunca había conocido; además, le describía ese mundo tan fascinante, comparado con el Montmartre parisino y con el West End londinense, el Paral·lel, y él le hablaba de cómo era en sus mejores tiempos.

Una fiesta en mayúsculas que abrió a Barcelona a la modernidad y que Rafael enseñó a Isabel, que disfrutaba de cada música que escuchaba y de las luces que salían de cada sala.

Para él era una provinciana que apuntaba maneras, y así se lo decía en tono de broma, y para ella era la imagen de alguien que había recorrido el mundo, con la sabiduría de los que lo habían visto todo, y eso le resultaba embriagador.

Tras muchas conversaciones y cenas que terminaban casi siempre en el bar de Pepa para tomar esa última copa antes de la despedida, le propuso formar parte de las bailarinas y cantantes del Paral·lel.

Un mundo que le era desconocido, pero que le parecía fascinante, y una salida del hogar al que no quería volver, al que entró cogida de la mano de Rafael para viajar al fondo del abismo.

El primer día que Isabel entró en uno de esos teatros con él, estaba limpiando el escenario Luis, un hombre con aires amanerados que en sus tiempos había actuado como cantaor de flamenco, imitando a las folclóricas, subiendo a los escenarios vestido de mujer en una época en la que estaba prohibido.

Había saboreado las mieles del éxito con su arte y había ganado dinero en apuestas, se codeó con la flor y nata del folclore, despertando envidias entre sus compañeros de profesión.

Pero cuando llegaron las vacas flacas, no supo reinventarse, ni hacer otra cosa, lo que le llevó a la ruina y el olvido; había vivido como una reina, pero ya era casi un pordiosero que limpiaba las sobras que los turistas dejaban cuando venían a los espectáculos.

El escenario era minúsculo y rectangular, había una larga barra a un lado, palcos en el primer piso, paredes y techo negros, y la iluminación roja con algunas manchas de luz verde, la música con una orquestina, y el público se sentaba en unos taburetes góticos junto a unas mesas de madera para tomar algo.

Los lavabos y el servicio de guardarropa estaban situados a mano derecha, atendido por unas chicas vestidas de seda negra, y en una tarima elevada se sentaban los músicos que formaban la orquesta, vestidos con una americana de tono rojizo.

Los camareros circulaban durante el espectáculo vestidos con una chaqueta blanca, mientras actuaba la sal y pimienta del local, muchas veces imitadores de estrellas, y bastantes de los que allí estaban pertenecían a la alta burguesía barcelonesa.

Salían del teatro del Liceu y se dirigían a la Barcelona de noche a desintoxicarse de la hipocresía moral conservadora para desfogar sus instintos primarios en los bajos fondos de la ciudad.

Muchas veces estos *shows* eran censurados y los artistas acaban en furgonetas de la Policía para meterlos en calabozos donde pasaban toda la noche, y más si se trataba de artistas homosexuales.

Un hombre gay seguía ligado, como durante mucho tiempo, a la crónica negra y rosa; había un clima de miedo que les impedía moverse con libertad: ser maricón era un delito que podía a cualquiera costarle la vida.

Cuando eran detenidos, los suicidios y violaciones eran muy frecuentes, eran considerados como vagos y maleantes, para continuar, con los años, siendo considerados como un símbolo de peligrosidad social hasta bien entrada la democracia.

Pero también se relacionaba su condición con el mundo del espectáculo, los reyes de las comparsas que actuaban de contrapunto de la supervedete, recreando a grandes divas de la copla andaluza y también a la vida misma con burlas y cuentos picantes.

Eran los pioneros del *drag queen* que acompañaban también a grandes vedetes en aquellos viejos edificios cuyas luces advertían de que se trataba de un lugar diferente, con actores y públicos distintos también.

Los dueños llevaban los locales con mano dura para mantenerlos con el esplendor de antaño, y como siempre hicieron, intentando atraer a un público selectivo y adinerado que podía permitirse alternar y brindar con champán.

Isabel al principio entró sorprendida, pero miraba divertida el ambiente, le gustaba cantar desde pequeña, y sobre todo las canciones de las folclóricas andaluzas, y lo hacía cuando se escapaba a las acequias del pueblo, e incluso bajando las escaleras de la casa de sus tías, entonando a grito pelado canciones de las divas de la canción de aquel tiempo.

Así que le pareció una delicia escucharlos y aprender de todos un poco, formar parte de aquella pequeña familia tan divertida, sintiéndose por primera vez que encajaba, con esta gente fuera de lo común que llenaba de colores la vida.

«¡Rafael!, ¿esta chiquilla quién es?, ¿ya nos traes a una nueva artista?», le comentaban las bailarinas riéndose en los pasillos, haciéndole guiños cómplices con demasiada confianza y mirándola por encima del hombro.

«Tú no les hagas caso a esas zorras», le decía Luis en tono irónico, con los tirabuzones que tenía en su pelo rubio y rizado cayéndole sobre la frente, siempre guasón y despreocupado de todo; la vida para Luis era una continua broma, al menos eso procuraba.

Había arrancado con su gracia carcajadas y aplausos con sus canciones, llegó desde Argentina siendo casi un niño, y ya desde entonces tenía mucho carisma, cantando en las parroquias, en emisoras de radio y en los festivales infantiles.

Con dieciséis años hizo sus maletas y se fue a Barcelona a probar suerte; sin ocupación fija, a duras penas conseguía algún bolo, por lo que al principio era considerado un bailarín vago que no pudo decir abiertamente que era gay.

Procedía de una familia bien posicionada y afincada en Argentina que pronto le dio la espalda y lo dejó a su suerte cuando se dieron cuenta de su condición y de su vocación por el cante y el baile.

Luis comenzó a frecuentar el mundo del espectáculo hasta convertirse, con tan solo diecinueve años, en uno de los primeros bailarines y cantantes de muchos locales: era todo un espectáculo que conseguía perfeccionar con duro trabajo.

No tenía casi momentos de ocio y esparcimiento, y los pocos que tenía los aprovechaba para leer todos los libros que tenía en su humilde buhardilla, cuyas estanterías estaban llenas de libros de Oscar Wilde y Federico García Lorca.

La mayoría eran regalos de los clientes del local, que lo conocían de sus mejores tiempos y que sabían de su amor por la lectura, lo hacían muchas veces como una forma de compensar el que estuviera allí trabajando de conserje cuando había tenido tantos momentos de gloria.

Desde el principio, Luis e Isabel hicieron muy buenas migas, era su confidente, amigo fiel y, sobre todo, su gran apoyo y ayuda en el baile, arte del que todavía disfrutaba entre bambalinas.

Tras los eternos ensayos salían por la ciudad; el muchacho le dejó claro a Isabel desde el principio que era diferente, que no le gustaba la vida convencional que llevaba la mayoría de la gente que les rodeaba, muchos con una vida hipócrita que se esparcían por la noche como desahogo a sus vidas vacías.

Le contaba que lograría ser de nuevo un gran cantante y bailarín como entonces, decía que solo había tenido mala suerte, estaba ganando mucho dinero y probó como empresario, abriendo su propio local.

Había tenido un representante, que era su amante, y era quien le llevaba las cuentas, pero cuando murió de cáncer, y tras pasar una gran depresión, se dio cuenta de que no tenía dinero ni para pagarse un techo. Su amante se lo había gastado todo; su mala gestión y el ser tan confiado fue el final para él, pero tenía esperanza: apenas si había cumplido treinta y nueve años y soñaba con volver a los escenarios.

Ahora solo estaba ahorrando dinero, porque no había trabajo como bailarín y cantante en el local; los tiempos habían cambiado y las chicas tenían más tirón, o al menos eso le decía Rafael, aunque le ofreció el trabajo que ahora tenía, pero Luis creía que, aunque se apiadó de él, no le gustaban los «maricas».

Con un traje ultraceñido salía por las noches por el Barrio Chino de Barcelona a garitos como el bar de Pepa, en los que se fumaba, se bebía y se arreglaban los problemas a puñetazos y con navajas.

Luis le relataba historias divertidas de sus tiempos en los cabarés mientras caminaban por las calles de la ciudad en busca de esa copa final de la jornada y telón de ese día para volver a empezar con los ensayos para los espectáculos.

Isabel tuvo durante dos años una intensa vida en este mundillo, noches inolvidables como cantante y bailarina en las que el público le mostraba su cariño en las dos funciones diarias que hacía, sin que tuviera un día de descanso.

Las vedetes eran especialistas en la comedia y la sensualidad, con espectáculos llenos de luces, color y vestuarios impresionantes, divas que eran un símbolo de liberación y empoderamiento para las mujeres.

Desafiaban las normas sociales e inspiraban a las generaciones de mujeres a ser dueñas de su sexualidad y a desafiar las expectativas impuestas por la sociedad, contribuían a la ruptura de tabúes y a la redefinición de los roles de género, celebraban la feminidad en todas sus formas.

Mujeres muy avanzadas para su época, que retocaban su maquillaje antes de salir al escenario, desde varias décadas atrás, en camerinos con sus imprescindibles espejos de bombillas, su radio a la antigua, los gramófonos, múltiples vestidos y hasta una máquina de coser de las modistas que los diseñaban.

Habían lidiado desde hacía años con las autoridades cuando enseñaban algún trozo de carne más de la cuenta, y se pagaron muchas multas por no cumplir las normas básicas de la decencia; cada vez que aparecía un censor el portero avisaba a las artistas encendiendo una luz roja y entonces el espectáculo continuaba más moderado, pero siempre seguía en pie con sus variopintas historias.

Al principio, Rafael la llevaba a actuar a pequeños locales, tablaos de pocos metros que presentaban cuadros flamencos donde actuaban jovencitas andaluzas con grandes deseos de triunfar.

Ninguna cobraba un sueldo y ellas mismas tenían que traer muchas veces sus vestuarios, solo se les ofrecía pan, vino y unas literas para dormir detrás del escenario.

Muchos de estos locales eran frecuentados por escritores, algunos fracasados, artistas, directores de cine, actrices y un sinfín de cantantes, hasta políticos: todo tipo de gente del mundo del arte y la cultura se citaban allí y se relacionaban con ellas, con algunas más de la cuenta.

Mujeres que, teniendo todas las dotes para meterse al público en el bolsillo, incluso se habían visto envueltas en crímenes, la mayoría pasionales, por amores no correspondidos, amantes de hombres casados que las repudiaban tras usarlas un tiempo.

Estos desalmados, en su afán por borrar de cualquier forma la prueba que los delatara de sus lujuriosos actos, por las incesantes súplicas de ellas, llegaban a cometer atroces delitos.

A una de las bailarinas la habían encontrado muerta, degollada en los callejones, tirada en el barro como si fuera un perro, y no era el único caso. Un asesinato que había quedado sin castigo por las personalidades importantes que hubieran podido estar implicadas, el sexo, la codicia, la política y el espionaje algunas veces se combinaban en algunos de estos crímenes que tenían tintes casi novelescos, con fatales desenlaces.

«Pobres chicas que habían llegado a Barcelona para trabajar de lo que fuera, evadiéndose con sueños de grandeza, sin embargo, tras hacerse un hueco en el mundo del espectáculo, acababan asesinadas a golpes y enterradas en los huertos de las afueras por sus examantes sin que nadie las reclamara», pensaba ahora.

Mujeres que quedaban en el olvido para que nadie las vinculara con aquel desconocido asesino o sus secuaces, como tantas muertes femeninas que alimentaban una larga lista en la ciudad de Barcelona.

Había casos también de mujeres que prostituían a menores y que de día andaban por las calles para pedir limosna, vestidas con harapos y acompañadas de niños escuálidos, mientras que de noche salían lujosamente vestidas, cometiendo con ellos crímenes terroríficos que salían a la luz cuando encontraban en sus casas cajas con huesos humanos pequeños, sucesos de los más escalofriantes.

O crímenes a ancianas para robarles, ganándose la confianza de viejas desvalidas que eran atacadas brutalmente a golpes, o estrangulándolas, para quedarse con las pocas pertenencias que tenían.

En todo este ambiente Isabel se topó con todo tipo de gente, y entre el caos de las desgracias que la rodeaban casi a diario y el espectáculo, la gran fiesta día tras día comenzó.

Transportada en una película loca y alucinante, la continua diversión y sus actuaciones formaban ya parte esencial de su vida, sin plantearse más destino que vivir el presente como si no hubiera un mañana.

Recordaba con cariño a sus compañeras de baile y canto, los momentos de gloria que pasaron y cómo se hacía el silencio cuando todas bailaban y cantaban a la vez, era una energía atómica, solo ellas brillaban y solo ellas estaban.

Y como unas eran sustituidas por otras, no le daba tiempo a intimar con ninguna, pero dejaban esos bellos momentos compartidos en el escenario, irrepetibles con cada una de ellas.

Aunque Luis era su compañero del alma, con él se sentía protegida de todas las abominaciones que alrededor pasaban, compartían risas y también lágrimas, muchas de ellas por Rafael, que desde hace un tiempo la estaba acosando.

La complicidad que tenían ambos se había convertido en algo más que Isabel no quiso avanzar, pero Rafael se empeñaba en no admitir un «no» como respuesta, y la perseguía día a día sin descanso.

La bebida le hacía tener impulsos desmesurados, la seguía cuando terminaba los ensayos y se iba con Luis a vivir la noche barcelonesa, no le gustaba su amistad con él, y ellos no sabían si era por celos o por prejuicios hacia los homosexuales.

—¡Apártate de ese maricón!, ¿o es que te estás acostando con él? —le decía continuamente—. ¡Que no te vea yo más con él, te lo advierto!

Isabel le respondía:

—Tú no eres nada mío como para exigirme nada.

—Soy el que te ha dado un sitio donde dormir y alimentarte, el que te ha hecho una estrella —le decía babeando, con el alcohol casi saliendo de la boca y con aspecto desarreglado.

Llevaba ya tiempo muy descontrolado: a su personal, en general, le vociferaba continuamente; las deudas lo asfixiaban y la presión que su familia ejercía sobre él para cubrir sus lujosas necesidades, el nivel de vida que hasta hace un tiempo habían disfrutado era del todo insostenible.

Además, se había enamorado perdidamente de Isabel y ella no le hacía el menor caso: le guardaba cierta distancia por cómo se había ido degradando con el tiempo.

Esas ocurrencias que antes tenía Rafael habían desaparecido, su aspecto tan cuidado siempre, la sabiduría que le transmitía; todo lo que en un principio le atrajo de él, y que por un momento hubiera podido convertirse en algo más, ya no estaba.

Ahora solo era una sombra de sí mismo que no le inspiraba ni siquiera ningún respeto, y Luis y ella se marchaban corriendo divertidos cada vez que se lo encontraban espiándolos.

Y en una de esas noches de risas y juerga, que acabó en la buhardilla de Luis, contando historias sobre el espectáculo y las grandes vedetes que tanto le gustaban a Isabel, acabaron abrazados.

Era un cariño tierno, un precioso romance, cómplice, producto de sus noches de fiesta juntos y también del gran cariño que se tenían, uniendo sus labios y sus cuerpos, dos almas que no entendían de sexos ni de política, solo era la propia naturaleza la que los unía.

Dos jóvenes llenos de lujuria descontrolada, pero dándoselo todo con respeto y un profundo amor, que amanecían plenos, después de noches maravillosas, de las que hacen historia, sintiéndose más vivos que nunca.

No fue la primera ni la última noche que se levantaron y desayunaron juntos, como dos amigas que habían tenido una fiesta de almohadas, divertidas, felices y orgullosas de tenerse la una a la otra, sintiéndose, en definitiva, familia.

Y así recordaba Isabel a Luis, como a su familia, su marido, como ella en broma lo llamaba:

—Marido, ¿me ayudas con los ensayos?

—Sííí, ¡pero como nos pille Rafael!, ¡mira que me ha cogido una manía tonta que no sé! —Reía divertido.

La tensión ya se podía cortar en el aire, como presagio de que algo malo iba a suceder, el acoso de Rafael no cesaba, la buscaba cada día, sin la respuesta que él esperaba.

Quería cobrar el favor que sin duda le había hecho cuando le dio trabajo y un techo, suponía ella que como habría conseguido de tantas mujeres cuando descubría talentos.

Le tenía miedo cada vez que se lo cruzaba, y otro temor empezó a nacer dentro de ella cuando descubrió que estaba embarazada, quedó presa del pánico, pero a la vez de felicidad.

Un bebé crecía en su interior, que no entendía de prejuicios sociales, esas diferencias que la habían marcado a fuego, y lo primero que hizo fue ir corriendo a contárselo a Luis.

Él la tranquilizó y, lleno de emoción, la llevó a pasear por el puerto, era de noche y el cielo estaba totalmente limpio y lleno de estrellas, o así al menos Isabel lo recordaba.

La llevaba cogida de la mano con ternura, caminaban en silencio, sonriendo; de repente pararon y él la abrazó fuertemente, mirándola con sinceridad a los ojos y diciéndole muy dulcemente:

«Tienes dentro de ti a tu verdadero amor, y no será nada fácil, pero es él, y yo estaré contigo; dentro de unos meses lo vas a conocer, por fin ha llegado».

Se miraron a los ojos con ternura, con la seguridad de que un vínculo maravilloso los uniría para siempre, convirtiéndolos, aunque variopinta, en una preciosa familia que en el fondo ambos anhelaban.

De pronto vio a Rafael a lo lejos, agazapado en las sombras, observando la escena y escuchándolo todo; Luis se acercó a él, cauto, temeroso, con ánimo de tranquilizarlo quizás.

—Rafael, buenas noches, ¿cómo ha ido hoy la jornada?, ¿han venido muchos clientes?

Le preguntaba despreocupado, a sabiendas del motivo de su presencia y que, como siempre, estaba borracho, y del acoso que Isabel estaba sufriendo cada día por su parte.

—¡Qué!, ¿dando un paseo por el puerto? —le preguntó acercándose a él.

De pronto le cambió la cara y un gran chorro de sangre manchó el suelo; la navaja que llevaba escondida Rafael y que le clavó en lo más profundo del estómago dejó a Luis sin habla.

Siguió ahondándola en su cuerpo con fuerza, mientras gritaba a Isabel:

—Te dije que no te acercaras más a este maricón, sabía que teníais algo.

Y, sin más, lo empujó a las aguas hasta que se hundió lentamente con la mirada de Luis llena de sorpresa.

Isabel gritaba desesperada con la cara desencajada, llena de horror, mientras seguía escuchando a Rafael, que le seguía diciendo:

—¡Esto ha pasado por tu culpa, no me has hecho caso, y te lo dije mil veces, que si te acercabas a él me lo cargaba!

No daba crédito a lo que estaba pasando; ni en sus más horribles pesadillas hubiera pensado que Rafael, el hombre apuesto y de mundo que había conocido, pudiera haberse transformado en un acosador borracho y ahora un asesino tan vil, un monstruo.

Corrió hacia las aguas en un intento de sacar a Luis, casi sin fuerzas, presa del pánico y de la sorpresa que la había dejado paralizada, pero vio cómo se hundía sin remedio mientras Rafael daba vueltas en círculo.

Se ponía una y otra vez las manos en la cabeza, sin dar crédito tampoco a lo que acababa de hacer, miraba a todos lados preso del miedo, por si lo había visto alguien, pero el único testigo era ella, y algún que otro vagabundo que en las sombras del puerto observaba desde su rincón sin atreverse a intervenir.

Isabel solo pudo gritar:

—¡Estoy embarazada! ¡Dios mío, mi hijo!

A lo que Rafael le respondió, sin pensar con claridad:

—¿Qué estás diciendo? ¡Estás loca! ¡Seguro que te has quedado preñada de ese maricón!, ¡quítatelo!, ¡aparta! ¡Loca, que estás loca!

Salió de allí cabizbajo, sin saber qué hacer, escondiéndose entre las sombras para que no lo viera nadie, y ella tirada en el suelo, desconsolada, se levantó y lo único que se le ocurrió fue ir a casa de sus padres.

No sabía qué hacer, no tenía fuerzas para ir a denunciarlo, le venció el miedo por ella y por su hijo; Rafael era un psicópata del que quería escapar a toda costa.

Y se fue de allí para no volver, ni al Paral·lel, con sus éxitos y felices momentos, pero con sus abominables y salvajes secretos, ni volvió tampoco a las callejuelas estrechas llenas de bares donde tantas noches había pasado; la fiesta definitivamente terminó.

Antonio, al verla llegar desconsolada y contarle lo que le pasaba, le dijo:

—¡Ya te has hundido para siempre! ¿Vienes de hacer todo lo que te ha dado la gana y ahora traes aquí esta vergüenza? Eres una puta, siempre has sido una puta y siempre lo serás.

Ella por primera vez se enfrentó a él con una furia descontrolada, como si hubiera guardado años estas palabras:

—Nunca más me vas a decir «puta», ¿me oyes?, te juro que nunca más.

Corrió hacia Rosario, su madre, y ella le dijo, llorando desconsolada, cubriendo su rostro con las manos, por la vergüenza que iba a suponer para todos que fuera una madre soltera:

—¡Yo no tengo ganas de criar niños!

Isabel, en ese momento, hubiera necesitado que le dijera que iba a estar para ayudarla en todo lo que necesitara, esas lágrimas que derramó su madre fueron el detonante para tomar la decisión de salir corriendo de allí sin importarle su estado, con los pocos ahorros que tenía y un ligero equipaje.

Aterrada, no sabía adónde ir, no se veía capaz de criar a un niño ella sola y las lágrimas de vergüenza de la persona a la que más quería, a la que por nada del mundo quería lastimar, le martilleaban una y otra vez la sien.

Capítulo 9
La tierra de los sueños

Se quedó inmóvil, sentada en un banco del parque que había cerca de la casa de sus padres, sin saber qué hacer, con el sudor recorriendo su cara por el calor del verano, pensando que lo tenía que haber hecho hace muchos años, sobre todo para dejar de hacerle daño a su madre.

Allí se quedó en vela durante toda la noche, recordando una y otra vez el horrible suceso de la muerte de Luis, hasta la mañana siguiente, que comenzó con el anuncio, en el quiosco de prensa que había junto al parque, del terrible asesinato.

En el periódico aparecían las noticias del día anterior: habían encontrado el cuerpo de un hombre joven, en las aguas del puerto, apuñalado, decían que el asesinato fue fruto de una pelea entre maleantes, y lo contaban como uno de los cientos de casos que ocurrían con frecuencia en el barrio.

Todavía no lo habían identificado, pero explicaban que había tenido una muerte lenta porque cuando lo empujaron a las aguas aún no había muerto y se había desangrado poco a poco durante la noche.

Como si todo se tratara de una horrible pesadilla, se levantó por inercia, sin saber exactamente lo que estaba haciendo, en un estado casi inconsciente por todo lo que había pasado y con el peso de la culpabilidad por no haber podido hacer nada por Luis.

Rafael la había seguido y desde el día anterior estaba rondando la casa de sus padres, estaba nervioso, no quería verla de nuevo por los mismos bares de copas que ambos frecuentaban ni por el Paral·lel; saber que estaba en Barcelona le inquietaba.

Tenía miedo de que lo denunciara por el asesinato de Luis o que contara a los cuatro vientos el acoso al que la sometió, quería olvidarlo todo y seguir con su vida, y sobre todo olvidarse de ella.

Isabel siempre le había contado la ilusión que tenía de viajar a Italia, las veces que había soñado que estaba allí entre toda esa majestuosidad, y él quería que se fuera lejos, al menos por un tiempo.

Cuando lo vio frente a ella, salió corriendo, con miedo, pero el asesino la atrapó, agarrándola fuertemente de las muñecas:

—No quiero hacerte daño. Un cambio de aires te va a venir muy bien, y nada menos que al sitio que más ilusión te hacía. Te vendría muy bien para pensar y volver con ganas de empezar de nuevo.

«¡Como si eso fuera posible, borrarlo todo como si nada hubiera pasado!», pensaba.

Al principio se negó.

—¡Métete tu dinero donde te quepa! —le decía—. No quiero nada tuyo.

Rafael, agarrándola de nuevo, gritó:

—¡No hagas que te tenga que amenazar! ¿Quieres acabar como tu marica, en el fondo del agua y con un puñal en el estómago? ¿Quieres que te mate y me cargue de paso a ese hijo de marica que llevas dentro? No, ¿verdad?, ¡pues coge el billete y vete! ¡Y no se te ocurra volver!

Sin despedirse de su familia, acostumbrados a sus ausencias, y con la convicción de que se sentirían aliviados si se fuera para acallar los comentarios de los vecinos sobre, según ellos, su promiscua vida, se embarcó en un viaje que debió de ser un sueño y que se transformó en una gran pesadilla.

Era una forma de salir de allí, cambiar el escenario, una oportunidad de empezar, y Rafael prácticamente le pagó un desorbitado billete para que se fuera lejos y, con suerte, para no tener que verla más, guardando para siempre su oscuro secreto.

Fue un viaje largo donde ni siquiera sabía si iba a regresar, llena de miedos, pero a la vez de la ilusión propia de los niños cuando descubren algún lugar por primera vez que les entusiasma.

Ahora más que nunca necesitaba ver esos edificios con los que tanto había soñado, y lo hacía con su hijo en el vientre como compañero para avanzar hacia lo desconocido.

Desde Barcelona, con unos pocos ahorros que llevaba encima —lo único que le pudieron dejar de beneficio sus espectáculos en el Paral·lel de capa caída de entonces—, y amenazada por Rafael, que le pagó ese forzoso billete de avión, llegó a Italia.

Viajar en avión en los años 60 estaba reservado para una selecta minoría que disfrutaba de vuelos con todo lujo de detalles, en los que prometían una auténtica aventura a bordo, y eso, aunque bastante caro, era muy atractivo.

Bellas y jóvenes azafatas prometían convertir el largo trayecto en una experiencia inolvidable, los gigantescos aviones tenían muchos detalles glamurosos, convirtiendo el viaje en una delicia y haciendo que las horas se pasaran rápido.

Con la necesidad de dejar atrás todo el horror que presenció y vivió en los barrios bajos de Barcelona, llegó hasta Roma, lugar que tras la Segunda Guerra Mundial se convirtió en el destino predilecto del turismo de masas.

Ya no venían devotos a peregrinar como en años anteriores, llevados por la religión y encontrando en la ciudad el centro del catolicismo en su máximo esplendor, sino que venían viajeros con el fin del viaje mismo, sin más.

Roma se había llenado de hoteles, restaurantes y tiendas para los turistas, el centro se había convertido en un nido confortable para ellos, mientras que la población se iba concentrando en las barriadas urbanas.

El turismo se estaba convirtiendo, para Italia en general, en su principal fuente de recursos tras su letargo de décadas, con múltiples mejoras en todos los ámbitos.

Roma, la ciudad eterna y única, donde se podían ver las típicas casas de los años 50 con un diseño funcionalista y sus recámaras en la parte alta, por las que se veían pasar los «ropaviejos» y los afiladores dando voces para dar a conocer sus servicios.

Abundaban las azoteas con la ropa tendida por las criadas y, en contraste con el paisaje de la ciudad, sus magníficas iglesias y las casas grandes con sus patios traseros por donde subían las escaleras las muchachas de servicio hasta el cuarto donde vivían, muchas procedentes de las haciendas mexicanas, para hacer de criadas y nanas de las grandes señoras de la ciudad.

Las calles no tenían el esplendor arquitectónico de la Roma antigua, pero sus calles estaban llenas de bullicio, colegios, puestos de periódicos, farmacias, cines y hasta prostíbulos.

Era cuna de escritores y de artistas, romanos y extranjeros; se podían ver en las calles los huérfanos de la ciudad, niños callejeros de vida nómada que deambulaban algunos pidiendo limosna.

Los trenes de alta velocidad, que se construyeron en Italia durante la *dolce vita,* años en los que Italia abrió sus puertas a distintas culturas y también por la influencia norteamericana debido a la televisión, tenían mucha demanda con el turismo.

Atravesaban Italia de una punta a otra con guías que acompañaban a los turistas, y le pareció lo ideal para visitar todo cuanto pudiera, unirse a alguno de esos grupos desde Roma que iban en la misma ruta, Florencia y Venecia.

Cualquier rincón de Florencia escondía una belleza incomparable: la cúpula de Brunelleschi, las puertas del paraíso de Ghiberti, el *David* de Miguel Ángel, o *El nacimiento de Venus* de Botticelli.

Allí estaban ante sus ojos, en un viaje extraordinario, ciudades que por entonces visitaba en sueños de los que no quería despertar, sus fascinantes y antiguos edificios de piedra y el agua junto a ellos, casi cubriéndolos de una forma mágica, un renacer de todo lo oscuro y sombrío, y ahora era real.

Paseaba por todas sus calles y plazas, admirando la arquitectura renacentista, disfrutando de sus bellos atardeceres y también de los vinos típicos de sus bodegas.

Recordaba como si fuera ayer aquellos momentos de embriaguez, mezcla de aquel entorno que tanto imaginó en sueños, y la música en las calles, que maximizaba el ambiente.

Era inolvidable el olor a flores de la Toscana con sus numerosos caserones de piedra, donde se imaginaba que sería maravilloso poder vivir en ellos, rodeada de naturaleza y de esa pura magia que la envolvía cuando sus ojos la observaban.

Sus colores cálidos, propiciados por su clima suave en invierno y el calor del verano, la hacían irresistible; sus colinas y valles, y la ciudad de Siena que eclipsaba a muchas, tranquila y medieval, que la transportaba en el tiempo.

Todo la invitaba a degustar lo bello de la vida, a pesar de los malos recuerdos que la atormentaban, a ver con otro cristal las cosas negativas.

La oportunidad de sentir, ver, oír, tocar todo lo que se le ofrecía, mil sensaciones a flor de piel, fundiéndose con aquel paraíso insólito y alucinante.

Era una turista más de los trenes llenos de desconocidos que posteriormente se aventuraban desde Florencia a Venecia, con sus maravillosos edificios que emergían del agua ya desde la entrada, majestuosos, algunos ya ajados por el tiempo.

Ciudad víctima del turismo en tropel que la invadía y que conservaba, pese a todo, su estela romántica y misteriosa, perdurando en el tiempo como un regalo de tiempos pasados.

Más decadente pero con el mismo aire nostálgico, el Gran Canal a medianoche y sus góndolas, con el Palacio de Pesaro como testigo y la plaza de San Marcos.

Y allí, en la misma plaza, con los turistas y el reloj como únicos testigos, cumplió sus veintiséis años cuando el reloj dio las campanadas de las doce en 1966, emocionada por haber hecho realidad uno de sus grandes sueños, estar allí, presenciando su gran belleza, tal y como lo había imaginado.

El guía que los acompañaba en ese lugar de ensueño la cogió de la mano al verla sola en la plaza y la llevó a cenar junto con el resto de turistas a uno de aquellos restaurantes típicos de la zona, y así terminó la noche entre luces y ópera.

Todavía le parecía sentir el agua en la cara cuando atravesaba los canales en sus autobuses flotantes para coger el tren de vuelta, donde se decía a sí misma, tras esa noche maravillosa, que tuviera esperanza.

Ya de vuelta a Roma, se dio cuenta de que no le quedaban casi ahorros, apenas había podido parar en un hostal de la Toscana para pasar un par de noches y comerse unos bocadillos, no le quedaba dinero para pagar un hotel donde hospedarse.

Lo poco que tenía se lo había gastado, no fue consciente, estaba en un estado mezcla de *shock* y alucinación, recorriendo Italia, disfrutando de todo cuanto descubría a su paso y a la vez recreando una y otra vez el oscuro momento del asesinato de Luis.

Habían pasado pocos días desde su muerte y su llegada a Italia; sin embargo, parecía estar más presente que nunca, se acordaba de él con ternura, estaba segura de que él la habría acompañado y la habría ayudado a ella y a su niño.

Su muerte la dejó huérfana en cierta forma y no dejaba de sentirse culpable por no haber hecho más para salvarlo, o al menos para hacerle justicia; el miedo por ella y por su hijo la había paralizado.

Se acercó a un pequeño hotel del centro con la esperanza de que alguien la ayudara; el dueño, aunque de primeras le hizo mil preguntas, al darse cuenta de que estaba embarazada se apiadó de ella.

Él mismo había pasado también necesidades cuando llegó a Italia, trabajando en un comedor solidario de cocinero, y no pudo evitar verse reflejado en aquella chica que estaba tan perdida y que tanta ternura le inspiraba, así que la llevó a ese comedor para que se pudiera ganar la vida.

Isabel no sabía cocinar, nunca había puesto atención cuando su madre hacía sus ricos guisos, solo los degustaba, y en ese momento hubiera deseado mil veces haberse aprendido todas sus exquisitas recetas.

La encargada, al ver que no sabía hacer muchas cosas, le decía:

—Pero, chiquilla, ¿dónde te pongo yo a ti? ¡Si es que no sabes hacer nada!, ¡como no sea limpiando y sirviendo comida a los que vienen! —le decía la hombruna mujer que regentaba el comedor, con un aspecto tan duro que parecía una carcelera.

—Venga, anda, si vienes de parte de Jorge —decía, refiriéndose al dueño del hotel—, ve limpiando la cocina, el comedor y los baños y únete a tus compañeras para servir la comida; no te puedo pagar mucho, pero sí tendrás aquí comida y techo.

Durante unos días estuvo trabajando en el comedor con la esperanza de poder ahorrar para un billete de vuelta a Barcelona, hasta que una señora mayor que trabajaba de voluntaria le habló de un centro de acogida de niñas donde ella misma colaboraba.

Necesitaban cuidadoras y maestras, pagaban mal, pero algo, había que ayudarlas con el orden y la limpieza, enseñarles a leer y a escribir; Isabel le había contado a la mujer su caso, y quería ayudarla.

En Italia había miles de niños huérfanos o de familias desestructuradas que no podían mantenerlos, algunos fueron adoptados y otros enviados a hospicios en los que no siempre recibían un buen trato.

El centro de acogida al que la mujer la envió era uno de esos monasterios de siglos de antigüedad en los que se respiraba paz y sosiego al entrar, rodeado de jardines y patios con flores.

Las paredes eran blancas, adornadas con fuentes de piedra, y a lo lejos se podían ver varios huertos de hortalizas, todo en contraste con el edificio gótico y sobrio, pero con gran fuerza estética.

Al entrar, lo que más llamaba la atención era la ropa de las niñas, bastante desarreglada, como si se les fuera a caer a cachos, y sin embargo no dejaban de tener las más pequeñas una sonrisa, en contraste con el rostro de descontento y hastío de las que comenzaban su adolescencia.

Eran casi las ocho de la mañana y el sol alumbraba ya el patio, mientras todas las niñas se dirigían en fila hasta la capilla acompañadas de las monjas; luego, al terminar la misa, corrían eufóricas hasta el comedor:

«¡Hoy hay churros!, ¡y con chocolate!», gritaban las monjas.

Las niñas miraban con ansia los cazos que repartían como era costumbre, extrayendo el chocolate del cazo y repartiéndolo entre todas, que se relamían contentas.

Pero las chicas parecían tristes, sus ojos se dirigían a la ventana esperando que por fin las adoptaran y poder salir de allí.

La directora se dirigió a Isabel para hablarle bajito al oído:

—Seguro que están urdiendo cómo escapar del centro a pesar de que va a ser su desgracia —le decía—. Todavía estamos todas muy afectadas por la última niña que se escapó para estar con su madre; todas ellas proceden de familias desestructuradas y muchas de esas madres se dedican a la prostitución —le explicaba.

»¡Ya no sabemos qué hacer! Mira a esa chica —le decía apuntando a Leire, una adolescente gruesa y morena—, está deseando que venga su madre a por ella, una mujer que siempre anda con gente de mal vivir —le contaba.

»Anda enredada con un marroquí poco fiable, y nosotras intentamos retenerla por todos los medios haciéndole ver que sería su perdición, pero cree que estamos en su contra, que somos unas tiranas, a pesar de que lo único que queremos es lo mejor para ella —le decía con la cara llena de angustia.

Leire rozaba ya la mayoría de edad y, por tanto, en breve saldría del centro, fue abandonada por su padre hacía años, aunque, como tenía una gran imaginación, a menudo creaba universos paralelos que le resultaban más atractivos que la realidad.

Contaba a sus compañeras que su padre se había ido rumbo a las Américas, que volvería a recogerla cuando por fin consiguiera hacerse rico con sus grandes negocios, una mentira que se creía y con la que pasaba las tardes recreándose en la ventana, esperando un regreso que nunca ocurrió.

Terminaron el desayuno a las nueve de la mañana, a pesar de ser un día soleado, hacía mucho fresco; el edificio era muy antiguo y el centro no tenía suficientes estufas, no les llegaban casi recursos: en los comedores no había ninguna y la mayoría de las niñas andaban desabrigadas.

Los profesores y voluntarios le explicaron cómo funcionaba todo; le contaban que muchas eran no queridas, otras requisadas por el Estado por este motivo, para que se pudieran librar de un mal destino volviendo a ambientes no recomendables.

Pensó lo desconcertante que le parecía ya por entonces el hecho de que los profesores utilizaran un tono neutro para contar situaciones del centro, reflejando costumbre y naturalidad ante estas cosas.

Era lindo verlas aprender en el pizarrón donde se estaba enseñando en ese momento matemáticas; las niñas iban al colegio por la mañana y por la tarde las voluntarias ayudaban a las que iban más atrasadas.

Había mucho que hacer por parte de los profesores y de las niñas, que pasaban gran parte del tiempo en el espacio destinado a los libros, revestido de madera y cubierto de estanterías que Isabel observaba con asombro.

Mirándola detrás de la columna de una librería estaban Nazaret y Marta, dos hermanas de apenas seis y siete años que, según le habían contado, tenían un pasado demoledor.

Sus padres habían muerto juntos tras un terrible accidente que ocurrió en una de las muchas noches que tenían de excesos, y que las niñas presenciaron; las dos deseaban con obsesión que las adoptaran.

Por la tarde las monjas solían hacer una obra de teatro que interpretaban las niñas; delante del escenario se preparaban para subir con sombreros y pamelas, había algunas más metepatas y otras más sueltas.

En el escenario un cartel celeste y blanco decía: «La educación y el conocimiento son la base de la libertad», y a continuación leía un discurso la directora sobre la demanda social, reclamando mejoras para el centro y proclamando su fe en los chicos y en su proyecto.

«Este año hay más chicos con necesidades», gritaba con pasión a la audiencia.

Luchaban por más subvenciones por parte del Estado para que las niñas pudieran tener más ropa, incluso más juguetes para las pequeñas: combinaban el amor con la disciplina típica de las monjas.

Pero ese era el disgusto de las más jovencitas que ansiaban salir de allí, su libertad, soñando con un futuro distinto y, por qué no, con unos nuevos padres que les dieran lo que ellas consideraban que no habían tenido nunca, una familia.

Había tomado la costumbre, al pasar los días, de sentarse con todas, juntas, entre las enaguas de las mesas del orfanato, compartiendo siestas y momentos de charlas al calor del brasero, como una pequeña familia con la que se había quedado prendada; el tiempo se había parado e Isabel parecía formar ya parte de esos muros.

El edificio estaba dividido en diez casas donde las niñas se alojaban, se le asignaba una a cada grupo de chicas para que fuera su hogar, jornadas que comenzaban con misa en la capilla a primera hora de la mañana y terminaban con oraciones antes de acostarse.

Los fines de semana paseaban acompañadas de las monjas, atravesando el bosque en fila y en silencio, vestidas de una forma sobria, en blanco y negro, de manera inmaculada.

Las más adolescentes renegaban de todo, odiaban profundamente a las monjas, a las que consideraban la causa de estar separadas de sus padres: para ellas eran su condena; su aversión era tal que las insultaban continuamente, en su afán por estar con sus familias.

En realidad, eran un grupo de jovencitas rebeldes, pero de corazón noble, que no entendían por qué no podían tener una vida normal, en casa, con sus padres, como todas las niñas de su edad.

Al pasar las semanas, la madre de Leire vino a por ella; al principio era tal la felicidad que sentía, a pesar de la insistencia de las monjas en que iba a ser su perdición, que salió del centro sin pensarlo ni un instante para comenzar una nueva vida junto a ella.

Las monjas ya le habían contado a Isabel que Leire estaba en relaciones con el marroquí que era novio de su madre, un hombre ya rondando los cuarenta que andaba en asuntos turbios, en los que la madre desde hacía mucho tiempo estaba sumergida.

Pero Leire la engañaba continuamente cuando ella le preguntaba si era cierto: «¡Son mentiras de estas monjas para separarme de mi madre!», le decía chillando e insultándolas con lo primero que se le venía a la cabeza, llamándolas cuervos y demonios.

Pasado el tiempo, mucho después de dejar Isabel el centro, le llegó una noticia que se publicó en todo el país: el marroquí con el que Leire había tenido un hijo a su tierna edad le clavó veintidós puñaladas en el pecho a la niña por un ataque de celos, según contaban; su cumpleaños habría sido cinco días después de su muerte, pero un cuchillo le sesgó la vida.

El marroquí bebía a destajo y muchas veces se le iba la cabeza y la maltrataba: los forenses, cuando la encontraron, contaron decenas de heridas, entre puñaladas y cortes, y sin embargo él decía que ella tenía el puñal pegado al pecho y que, al intentar quitárselo, ella se hirió en el corazón; sin embargo, él no tenía ninguna herida.

Tantas eran las peleas que tenían que la noche anterior él había recogido sus cosas para abandonar la vivienda, los gritos ya molestaban a los vecinos, pero antes de su huida pudo cometer su crimen.

Poco después de saber la noticia, Isabel se encontró con su madre, la había conocido en el centro, en algunas visitas que hizo a su hija; descubrió más tarde que se dedicaba a la prostitución para subsistir, y muy fríamente, no sabía si por la dureza a la que la había sometido la vida o por cierta indiferencia, le relató lo ocurrido.

Pensaba que no había sido culpa de él, ella era joven y tonteaba con todos y él no tuvo más remedio que matarla, así se lo contó, como si se tratara de algo que le ocurrió a una desconocida.

La vida en el centro estaba llena de momentos familiares, por lo que Nazaret y Marta vieron en Isabel una luminosa salida de aquel lugar en el mismo instante en que la vieron, y aún más con los días en los que compartieron historias que ella les leía, ratos que para las dos hermanas estaban llenos de esperanza.

Pero Nazaret, tras ser adoptada su hermana pequeña, Marta, se quedó sola en el centro, y esto hizo que cultivara su rebeldía hasta el punto de llegar a tener como costumbre asestar a todos con insultos y amenazas.

A Isabel, a pesar de la pena que le inspiraba, le daban mucho miedo las amenazas de Nazaret exigiéndole que se la llevara del centro; ella sabía lo que era la rabia por carecer de todo lo que más se necesitaba, ese dolor que se volcaba en todos cuando se cruzaban en su camino, sin embargo, ese temor hacía que la evitara continuamente cada vez que coincidía con ella en los pasillos.

La niña rabiosa, dándose cuenta de que esto no iba a ocurrir nunca, con sus sueños destrozados, aprovechando uno de los encuentros por las numerosas estancias, la empujó por las escaleras, resbalando Isabel por ellas, viejas y desgastadas por el tiempo.

Sujetándose con ambas manos, y apoyándose con las rodillas para que su bebé no sufriera ningún daño, vio con horror, de repente, los peldaños llenos de sangre; toda su cara se llenó también de sangre cuando se la tocó, intentando levantarse.

Comenzó a gritar desesperada, todas las niñas inclui-
da Nazaret, la miraban aterrorizadas; cerró los ojos y dos
lágrimas resbalaron por sus mejillas mientras se desplo-
maba en el suelo desmayada.

Las monjas corrieron a socorrerla, pero la llevaron a
un hospital muy precario por la falta de recursos con los
que contaban; estaba sola, sin dinero, y en aquel lugar
le provocaron, como última opción para salvarla, un
aborto con métodos muy rudimentarios.

En el mismo instante en el que se despertó, avanzó
hacia la ventana del hospital abrazando su vientre con
sus manos, y un gran vacío la invadió.

De repente, tuvo la total consciencia de lo que había
pasado.

Capítulo 10
La promesa

A duras penas pudo abandonar el hospital, con una sensación de vacío tan grande que pensó por un instante que iba a morir, con las manos sobre el vientre buscando a su niño y arrastrando los pies hacia la salida.

Pero, antes de salir de allí, hizo una promesa: que lo tendría de nuevo junto a ella, entre sus brazos, aunque en ese momento se lo hubieran arrancado de las entrañas.

Estaba llena de rabia, les echaba la culpa a todos por su pérdida, a Rafael, que se deshizo de ella regalándole este viaje, y a la angustia que había vivido esos días por el rechazo y los insultos de su gente.

Estaba segura de que, si se hubiera quedado en Barcelona y sus padres hubieran cuidado de ella, nada de esto habría pasado; no tenía adonde ir y Luis, su querido Luis, estaba en el fondo del puerto de Barcelona.

Pero sobre todo se sentía culpable por no haber cuidado bien de su pequeño, haberse aventurado a un viaje para huir de todos y comenzar una nueva vida con tan horrible final para su bebé y para ella.

Nada fue como antes, volvió al comedor solidario, con tanta depresión que cada mañana no podía levantarse del catre que le habían preparado; los días pasaban y no tenía dinero ni para comer, pero no le importaba, porque se sentía muerta en vida, como si arrastrara una gran mochila y tuviera cien años, solo quería aislarse del resto del mundo para que no volvieran a hacerle daño.

Durante meses, sus únicas salidas del comedor las destinaba a ir a rezar a cada iglesia de Roma que se encontraba, deambulando se acercaba al púlpito y se arrodillaba durante horas, implorando, prácticamente exigiéndole a Dios, que le devolviera a su hijo.

Llegaban los días de frío y prácticamente su vida giraba en torno al comedor, limpiando las cocinas de forma excesiva, como queriendo quitar esa mancha que llevaba en el alma, con la mirada perdida, como en tantos vagabundos del comedor había observado.

Le resultaba imposible conciliar el sueño en la misma cama en la que lloraba todas las noches teniéndole aún dentro de ella, y desde muy temprano corría al comedor coincidiendo con grupos de viajeros que acampaban como vagabundos y que frecuentaban el centro en busca de comida; compartiendo el mismo infierno.

Eran hombres y mujeres que dedicaban su vida a viajar de un lugar a otro, buscando pequeños empleos para sobrevivir a los meses de frío: viajaban en busca de segundas oportunidades, empujados por la curiosidad de conocer culturas estrafalarias e incomprensibles, otros por obtener fortuna en otro sitio.

Viajaban por razones puramente humanas: en la búsqueda agotadora de experiencias compartidas, algunos acampaban en los aeropuertos, otros estaban en la puerta de decenas de catedrales, o arrastrándose por las calles de Roma en busca de hachís, o borrachos en los bancos de los parques.

Resultaba increíble, tras unas semanas observando cómo interactuaba el mundo con ellos, descubrir que apenas existían para la mayoría de la gente, que hubieran debido acercarse a pedirles consejo, en lugar de rehuir su mirada, por su sabiduría de la vida.

Ellos podían hablar acerca de los lugares más hermosos del planeta, porque estuvieron allí sentados durante horas pidiendo limosna, chupando su cartón de vino, buscando un trabajo de día, observando la vida pasar con un sosiego excepcional; cada uno tenía su historia y sus sueños, algo que contar.

Había un búlgaro que viajaba obsesionado con experimentar un nuevo sentimiento, decía que lo había probado todo, había experimentado cada una de las emociones, el terror a la muerte en el campo de batalla y hasta la alegría inexplicable por vivir.

Otro que pedía limosna en la puerta de la catedral y amenazaba a los sacerdotes con lanzarse desde la torre más alta: «¡Cualquier día de estos —decía riéndose a carcajadas— me tiro y acabo con todo!, ¡quizás lo haga mañana!».

Había perdido un corazón que llevaba siempre consigo y preguntaba a todos los que pasaban si lo habían visto, pero nadie le hacía caso, lo tomaban por loco, o por borracho.

Todos los cachivaches que llevaba en los bolsillos los tenía desperdigados por el suelo a su alrededor, y él buscaba llorando su corazón, por lo que simbolizaba, su corazón roto; recordándolo ahora, deseaba de verdad que lo hubiera encontrado.

Y una mujer española, a la que un puñado de adolescentes, para hacerle una broma, le habían robado su saco de dormir en pleno invierno y caminaba por la ciudad insultando a todo el mundo, gritando a los niños al oído y asustando a los inocentes.

Isabel le regaló un saco de dormir que le dieron en el comedor, esperaba que no lo hubiera perdido, podía ahora imaginarla más vieja, más desilusionada, chillando a todos y empujando lejos de sí al mundo.

Había también en el grupo un hombre que lo tuvo todo, un empleo magnífico, una maravillosa esposa y un hogar acogedor, pero lo echaron del trabajo y ese mismo día su mujer lo abandonó.

Su reacción fue caminar hacia un banco cerca de la Fontana de Trevi con un cartón de vino y se dedicó a beber hasta caerse dormido; al día siguiente, caminó hacia su casa, cogió un abrigo y se volvió al banco con más vino, y allí se quedó.

Personas de lo más variopintas; había mujeres que vendían todo tipo de artesanía, o lo intentaban, y que sonreían con un brillo admirable y adictivo, intentando reunir dinero para su escuela y para irse a la India.

Una de ellas le impresionó más que el resto y de la que nunca pudo aprender su rimbombante nombre místico; tenía los ojos más bonitos que había visto en su vida, de color verde, en contraste con su piel morena, y un perfecto cuerpo elegante a juego con su sonrisa.

Sintió mucha curiosidad por ellas, eran *hippies* que repudiaban la violencia y las guerras, tenían como única aspiración la felicidad y la práctica del amor, una cultura muy diferente a la suya, que le parecía misteriosa y apasionante.

Eran como flores, vestidas de forma extravagante y llamativa, transmitiendo la idea de la sexualidad sin ninguna vergüenza ni límite, buscando los lugares más recónditos y orientales del planeta para establecerse con su forma de vida.

Huían de una sociedad donde no encajaban y querían formar parte de otra alternativa de vida que había surgido, los movimientos místicos religiosos, que tenían su origen en la India.

Tras sus grandes pérdidas a las que solo encontraba consuelo cuando se sentaba en la iglesia rezando por Luis y sobre todo por su hijo, para que alguien de ahí arriba se lo devolviera, se sumergió durante un tiempo en su escuela, sobre todo por la curiosidad de esta nueva forma de vida tan diferente y tan llena de promesas.

Invitada por esas maravillosas mujeres, que la veían día tras día en el comedor limpiando y sirviendo comida, cabizbaja o llorando por los rincones, encontró allí el consuelo, la paz que tanto le faltaba.

La escuela le prometía amor y la esperanza de una vida mejor, pero Isabel la frecuentaba como una simple turista que iba de paso, por el mismo afán por descubrir lo insólito que había tenido siempre.

Parecían una familia que estaba esperándola en un paraíso, la invitaban a formar parte de algo bonito y sagrado y le parecía haber encontrado una vida más espiritual como descanso de tantos vaivenes.

El centro de todo era un maestro al cual todos, principalmente mujeres, adoraban y se postraban ante él; aún tenía grabado un día en el que, mirándole a los ojos, vio claramente los mismos de otro maestro que había tenido en su vida, Rafael.

El hombre que la había empujado hacia el abismo en el que se encontraba, ojos llenos de lujuria hacia las adeptas más jóvenes, un místico que justificaba las castas indias como un karma bien merecido de errores y pecados pasados que había que purgar.

No comprendía cómo aquellas maravillosas mujeres en las que quería verse reflejada, inteligentes, guapas, fuertes, con esa aparente independencia que admiraba, podían ser esclavas de los deseos de aquel dios que ellas mismas habían puesto en su trono.

Pero no se le podía recriminar nada, porque todas le daban y consentían todo de forma voluntaria a alguien que comía aparte de los demás para no ensuciarse con sus miserias porque era alguien sagrado, que hablaba de humildad y de soltar lo material y, sin embargo, tenía grandes casas en Francia, en la India, incluso en Hungría, vestía trajes de marca, cuando no estaba en su templo, y conducía lujosos vehículos.

Sin implicarse mucho en la comunidad, haciendo sus escapadas místicas al igual que hacía antes en los bares que frecuentaba; encontraba en este ambiente tan atractivo y embriagador una gran paz interior a sabiendas de que era una mentira.

Le anestesiaba poder viajar a los maravillosos lugares que prometían, la India, Hungría y las jornadas que disfrutaban con eternas charlas sobre el sentido de la vida; le hacían sentir que ella era otra iluminada, le redimía.

Meditaciones y yoga en lugares que invitaban al recogimiento, casi de otra dimensión, le transmitían una plácida felicidad que le compensaba ante el hecho de saber lo que allí pasaba, y así se sentía cuando estaba con ellas, plena, a pesar de ser una quimera.

Aunque ahora, acordándose de la escuela, pensaba: «¿Y qué no es una quimera o una mentira? ¿No será todo "la malla" —como llamaban a la vida— una ilusión?».

Unas veces iba y otras volvía al comedor, como hacía en tantos sitios, un mero turista disfrutando de ese ambiente; ya había vivido varias quimeras y con desencadenantes horribles, sucesos que seguramente la marcarían para siempre.

Había vivido una mentira durante demasiado tiempo, el traslado con su familia a Barcelona, basado en una huida de Antonio que los arrastró a todos y que condicionó sus vidas.

Se lamentaba profundamente por haber malgastado el tiempo, quería quizás cumplir esa promesa, estaba llena de rabia por no haber hecho nada extraordinario con su vida, y el tiempo estaba pasando cruel y sin pausa.

Las calles que había frecuentado las recordaba ahora como lugares oscuros llenos de gente especialmente triste que no tenía esperanzas ni propósitos, a las que ya no pertenecía.

Sin embargo, se sentía muy unida a toda esa gente variopinta que no tenía nada, como ella; tenía la ilusión de ganarse la vida como fotógrafa, ya había hecho sus pinitos en Barcelona, aunque fuera por diversión, pero se daba cuenta de que ese era su talento.

Quería empezar de nuevo, algo distinto estaba surgiendo en su interior, le habían hablado del Centro de Formación de Periodistas de París y soñaba ilusamente —pensaba— con ir allí.

No había podido ir a la Universidad, tampoco sus padres podían permitírselo, ni lo creían necesario, era una mujer y lo que más querían era que encontrara un buen hombre que la quisiera, que se recogiera y se dejara de tantos pájaros que, según ellos, tenía en la cabeza.

Muchas mujeres formaban ya parte del mundo de la comunicación con sus palabras o sus fotografías en 1966, aunque tuvieron que luchar contra una sociedad costumbrista que no las veía con buenos ojos en ese papel.

El que la mujer opinara tan contundentemente, y sobre todo públicamente, aún se les hacía largo a la mayoría, pero para muchas esta profesión se convirtió en su gran pasión e Isabel necesitaba formar parte de todo aquello.

Y con toda ilusión se lo explicaba a aquellas mujeres a las que tanto admiraba y a las que tanto cariño guardaba; imaginaba ahora que ya estarían más mayores, como ella, la mayoría en la misma escuela, otras volviendo a sus vidas tras la experiencia.

Tras reunir el suficiente dinero, se fueron todos a la India y otras chicas se fueron con ellos, dejando toda su vida atrás, familia, quizás un antiguo novio con el que habían hecho planes de casamiento, viajando hasta un nuevo y muy distinto comienzo.

El dueño del hotel, que mantenía el contacto con ella, ya que su negocio estaba cerca del comedor, al corriente de sus inquietudes, que la misma Isabel le contaba cuando le saludaba por las mañanas al pasar, le preguntaba:

—¿Cómo te va?, ¿no tendrás pensado quedarte toda la vida ahí, limpiando? No pareces una vagabunda, seguro que puedes tener una vida mejor; ¡tienes que seguir adelante! —le decía, cuando le invadía la certeza de que había entrado en un pozo donde quizás nunca más podría salir.

La animaba, guiado por su propia experiencia, y le preguntaba qué era lo que más le gustaba, lo que más feliz la hacía, y ella recordaba con emoción cómo se sentía cuando fotografiaba a la gente y el sueño que para ella supondría poder dedicarse a ello, y aprender.

Jorge, un hombre mayor y solitario que había venido también, hacía años, desde un pueblo de Barcelona a buscar fortuna y que había vivido solo para su negocio, siendo para ella casi un desconocido, cambió su vida, convenciéndola de que aún le quedaba mucho tiempo por delante.

Le hizo una oferta de empleo, arriesgándose con ella, como fotógrafa del negocio para los turistas que venían de fuera con la necesidad constante de inmortalizar su estancia en Italia.

Este oficio estaba tan demandado en un lugar donde el turismo no paraba de fluir que le duró durante un tiempo, realizándolo con la pequeña cámara que compró con el dinero que le dio su madre, volcándose en su pasión, que era como el hijo que no había tenido, entregándose a él en cuerpo y alma.

Así, pudo instalarse en el hotel con lo que ganaba y dejar el catre donde dormía, o lo intentaba, y conseguir más tarde ahorrar para comprar un billete de tren a Barcelona.

Tras cuatro años en Italia, en 1970, con treinta años recién cumplidos, pudo salir de allí con la intención de volver a casa, aunque para ella parecía que habían pasado miles de siglos.

Atravesando toda Italia, el tren llegó hasta Lyon, y allí hizo una parada tan cerca de París que no pudo resistir la tentación de bajarse del tren y pisar tierra francesa, se quedó quieta, estupefacta por lo que estaba a punto de hacer.

El tren arrancó, continuando su ruta hacia España; Isabel seguía en el andén, sin poder moverse, sorprendida de sí misma y observando atentamente cómo se alejaba.

Capítulo 11
El milagro

Llegó a París con el poco dinero que le quedaba, ya sabía adónde dirigirse; el turismo era un negocio redondo donde poder trabajar como fotógrafa, confiaba en su talento y en que los turistas no iban a faltar, y mucho menos en París.

Con un poco de suerte podría alojarse en algún hotel donde demandaran fotógrafos para atender a los turistas, y así ocurrió: le dieron la oportunidad en un pequeño hostal del centro muy bien situado en el que consiguió alojamiento y comida a cambio de su trabajo.

Lo regentaban Jean, un chico de veinte años con ojos tiernos, y su madre, ambos quisieron ayudarla nada más verla; Jean todavía tenía la imagen de un niño, llevaba siempre camisetas holgadas con dibujos de cómics y el pelo recogido en una coleta.

Ayudaba a su madre con las tareas del pequeño hostal y también pasaba muchos momentos pensando en los escalones de la entrada, echando de menos a una novia de toda la vida que lo acababa de dejar.

Rápidamente hicieron una gran amistad, tenían desayunos llenos de risas y bromas que le recordaban a los que había tenido con Luis; ese hostal de paredes desconchadas le dio el cobijo que necesitaba, y sobre todo sentirse parte de algo, de alguien.

Le hablaban de la Escuela de Periodismo de París y juntos iban a ver el edificio desde lejos; el cariño y la complicidad que sentían le hacía crear más vínculos con París, sintiendo que ese era su sitio.

La madre de Jean le dio unos pequeños ahorros que guardaba para que comenzara sus estudios, ya llevaba dos años viviendo con ellos en ese viejo hostal en el que atraía clientes junto con Jean, ofreciéndoles sus servicios como fotógrafa.

Para Marie, la madre de Jean, una madre soltera que había criado ella sola a su hijo con mucho esfuerzo, y que había heredado ese pequeño negocio de sus padres, ya era una hija más.

Marie había mantenido siempre en secreto quién era el padre de Jean, aunque en el barrio decían que se trataba de un hombre casado que estaba bien posicionado y que los visitaba de vez en cuando para traerles dinero.

Isabel así pudo comenzar sus estudios en 1972, con treinta y dos años, y codearse con gente que le ofrecía nuevos trabajos como fotógrafa, era una de las etapas más felices de su vida, todo estaba en su lugar.

Comenzaba su carrera profesional gracias a Marie, una segunda madre para ella, a la que aún recordaba con gran cariño y con la que mantenía el contacto, y con Jean, que se reconcilió con su novia; eran todavía como dos hermanos para ella.

Aun así, echaba mucho de menos a su verdadera madre y no pudo evitar llamarla, saber si estaba bien, dar señales de vida después de seis años en los que sentía que, al igual que Antonio en el pasado, la había abandonado.

Cuando llamó a Barcelona, Antonio le cogió el teléfono con emoción:

—Hija, ¿eres tú?

—Sí, papá, soy yo.

—Dios mío, pero ¿dónde estás?, ¿estás bien? —hablaba entre sollozos.

—Y tu hijo, ¿cómo está? Tráelo para que lo conozcamos, no tiene sentido que sigamos así, siempre en guerra —decía sin reproches y sin cuestionar lo que había hecho todo ese tiempo y dónde estaba.

»Vuelve a casa, a tu casa, Isabel. Mamá te necesita, ha tenido un infarto al corazón, ya está bien, pero seguro que le hará muy feliz verte; Sara también está aquí, cuidándola.

Podía escuchar a Sara desde lejos, recriminándole:

—Te tenías que haber ido, pero mucho antes; muchos disgustos nos hubiéramos ahorrado —culpándola del estado de su madre.

—Papá, ¿mamá? ¿Qué estáis diciendo? —Rompió a llorar, desesperada; la culpa la perseguía una vez más, como una oscura sombra, por no haber estado allí.

Había sido fruto de las circunstancias, quizás también de la forma en la que le habían afectado las cosas, se decía a sí misma, el miedo y el rechazo de su familia la hizo irse lejos en ese momento, todos ellos la acusaban y Rafael la amenazaba.

—Mi hijo murió, murió, antes de nacer —pudo balbucear entre lágrimas. Arrodillándose en el suelo no pudo pronunciar más palabras, solo escuchaba a Antonio, derrumbado, llorar y gritar:

—¡Dios mío!, ¿qué castigos nos has enviado?

Salió corriendo y cogió un tren para Barcelona, iba a reencontrarse con su pasado, con el origen de todo, pero ya no importaba nada, solo que su madre la necesitaba.

Al bajarse del tren en Barcelona, de repente, vio una silueta a lo lejos que le resultaba muy familiar, despreocupado, organizando unos paquetes que estaba descargando del tren junto con otros muchachos.

Podía reconocer absolutamente como cuando eran niños su olor, sus andares, aquellos ojos color miel que tanto la apasionaban; no podía creer que, con los años y sin ya esperarlo, llegara desde su infancia.

Aquellos momentos inolvidables de inocencia, cuando tenían toda la vida por delante, volvían con fuerza, era «él», su Juan, al que no pudo encontrar antes en Barcelona, porque tenía que ser en ese instante cuando el destino los volviera a cruzar.

Juan había estado hasta la mayoría de edad junto con sus hermanos en otro colegio privado de Barcelona, tan solo como siempre, hasta su casamiento con una chica bien de la ciudad que conocía desde hacía años.

Su familia había emigrado a Barcelona como muchos otros; y tras la muerte de sus padres, él y sus hermanos habían estado trabajando en los muelles de Barcelona comerciando con todo lo que podían.

No sabía si acompañados de prostitutas, pero se habían convertido en hombres a los que les gustaba ir con más de una mujer, y ese fue el motivo de la separación de Juan, las mujeres.

Su padre no les dejó ninguna herencia, solo las deudas acumuladas tras el quiebre de sus negocios hacía años, que pudieron saldar con la venta del caserón que tenían en el pueblo.

Cuando se cruzaron las miradas, sin más, Juan corrió a cogerla en volandas como entonces, cuando eran niños, y surgió de nuevo el amor, de una forma tan natural como si el día anterior hubieran estado abrazándose, como solían, escondidos en las calles del pueblo.

Volvieron los primeros besos, las primeras ilusiones, de un tiempo en el que no tenía heridas y era una niña despierta y preciosa que brillaba por donde pisaba.

Quería contarle tantas cosas, tanto dolor que llevaba acumulado en el corazón, quería abrazarlo, sentirlo, se sentía tan segura a su lado que nada malo le podía pasar, había vuelto a su hogar.

Su príncipe había vuelto a rescatarla, formaría con él esa familia que tanto anhelaba, por fin podría cumplir su promesa y era con él, con el gran amor de su vida; solamente Dios podía haberle enviado este gran regalo.

A pesar de todo, ahora sentía que sí, que la había rescatado, le había enseñado lo importante que eran los pequeños momentos, el valor de la familia, el sacrificio por los hijos, quitarse el pan de la boca para dárselo si hacía falta, el valor de estar todos juntos, que era mejor si estaban muchos, y el ser felices con tan poco: él y sus hijos sin saberlo le habían enseñado lo que era ser madre.

Juan había alquilado un pequeño piso en el centro de Barcelona tras su reciente separación, y tras su aparente tranquilidad, se notaba que lo había pasado muy mal, estaba muy delgado y con una tristeza muy profunda en la mirada.

Isabel fue a casa de sus padres tras su reencuentro para abrazar profundamente a su madre, que estaba aún convaleciente, no le quiso contar por todo lo que había pasado, solo que se fue de viaje a ver mundo y que había conseguido una oferta de trabajo en París como fotógrafa, allí, donde estaba viviendo.

Ellos la miraban sorprendidos, no entendían esta profesión, y lejos de felicitarla le hicieron sentir de nuevo que todo era fruto de sus pájaros en la cabeza que no cesaban, nadie habló de su hijo; Sara, como siempre, la miraba con reproche, para ella era como una de esas tías locas solteronas que criticaban en el pueblo.

Tras ese primer encuentro tan emotivo, siguió quedando con Juan: reían y cocinaban juntos en su casa, compartía momentos familiares con él y sus hijos, dos adolescentes a los que por todos los medios intentaba atraer; tras años de errores como padre, casi siempre procuraba estar con ellos.

Momentos que durante años Isabel había añorado millones de veces, aunque, por aquel entonces, Juan y ella habían llevado vidas muy distintas: ella no estaba acostumbrada a las rutinas que todavía ahora le costaban con su propio hijo, la convivencia tan auténtica pero tan devastadora como era cuidar de una familia día a día la asfixiaba.

Sin embargo, sentía que alguien faltaba, parecía que le gritaba más que nunca buscando la respuesta a una promesa pendiente de cumplir que no estaba dispuesta a ignorar, obsesionándose con la ilusión de ser madre.

Juan le contaba que se había casado muy joven y que no estaba dispuesto a volver a comenzar de nuevo con otra familia, ahora solo quería una compañera con la que disfrutar la vida, sin más obligaciones de las que ya arrastraba y para las que no se sentía preparado; aun así, se empeñaba con ahínco en ser el padre que sus hijos habrían deseado tener desde el principio.

Le repetía que no quería otra vida parecida a la que tenía, de la que no podía desprenderse por ellos, causa de las continuas peleas que tenía con la que aún era su mujer a ojos de Dios, un vínculo del que nunca podría escapar.

Le decía riéndose que no quería madurar, deseaba volver a unos tiempos de juventud en los que no tenía más responsabilidad que vivir sin freno; «quizás en el fondo así me veía, como a una antigua amiga que le evocaba esos momentos», se decía ahora a sí misma.

Ella estaba harta de todo eso, precisamente de irse de fiesta y deambular con amigos de la noche con los que todo eran risas y juerga, y eso ya no le aportaba nada; quería formar una familia con él y seguir con sus sueños; eran circunstancias y momentos distintos, quizás las personas equivocadas.

Su hija estaba muy apegada a su padre, su madre era una mujer muy severa, y él ahora era su consuelo en su afán por ganársela, sentían celos la una de la otra, ambas con la necesidad de esa protección y cuidados que él les daba.

Rivalidad que se convirtió en amor con el tiempo, y en tristeza por lo mucho que la echaba de menos y porque no pudo despedirse de ella.

Con frecuencia volvía a París, aún continuaba trabajando para su nueva familia, Marie y Jean, aunque fuera de vez en cuando, no quería dejar su nuevo mundo; quería continuar con sus estudios, en los que iba avanzando a pasos agigantados y también necesitaba a menudo escapar de todo ese entorno que la alejaba de ella misma.

Eran muchas las fiambreras que le preparaba Juan para el viaje, aquellos guisos que había aprendido a hacer en su vida de soltero, aunque siempre le decía: «Cocino y colaboro en casa porque sé que no son tus hijos, pero cuando estaba casado yo no hacía nada»; como apunte para que espabilara con las labores domésticas, función para la que se suponía que debía de estar preparada.

En casa de sus padres, Rosario, su madre, se encontraba aún delicada, aunque había superado el infarto: lamentaba profundamente haber vuelto para ser motivo de nuevos disgustos con los que Antonio, sabía seguro, torturaba a su madre con insultos y voces, diciéndole una y otra vez lo mala y lo puta que era su hija, refiriéndose a ella.

Suponía ahora, pasado el tiempo, hasta qué punto por dentro, aunque no dijera nada, le habían afectado estas palabras a su madre durante toda su vida, en el fanático afán de Antonio, como desde el principio, por retenerla y domarla sin conseguirlo.

Les parecía una rareza y un despropósito sus continuos viajes a París a hacer no se sabía muy bien qué, «tonterías estúpidas e ilusas ideas», le decían; no estaba centrada, no se asentaba, eran absurdos sus estudios y su trabajo de fotógrafa en París, y también la relación que había comenzado con Juan, que, estupefacto cuando se lo comunicó, y a regañadientes, no tuvo más remedio que aceptar.

Nada había cambiado, Rosario callaba y Sara no se implicaba en cuestionar el comportamiento de su padre, ni él podía evitar ser de otra manera, querer de esa forma tan dañina.

Tampoco Isabel podía evitar hacer lo que le diera la gana como había hecho siempre, sonreía ahora girando la cabeza con incredulidad como a esa edad, casi treinta y cinco años ya, dos años y medio desde su vuelta de Italia y el comienzo de la relación con Juan, se sentía sobre todo culpable por cómo era ella.

Libre, aunque se equivocara, sincera, aunque no fuera lo correcto, salvaje por su inevitable naturaleza, que la empujaba sin remedio a querer mirar más allá de lo conocido, aunque ahora creía que esto la había lanzado a ser ella misma y con frecuencia también había sido su condena.

Lo único que iba cambiando era la luz de Rosario, que cada vez se iba apagando, y de eso se culparía toda la vida, en la que habían estado en guerra sin tregua Antonio y ella.

Su madre vivió en medio de ambos sin atreverse a hacer nada, con el único consuelo de Sara, que odiaría a Isabel para siempre por ello, culpándola de todas las peleas que había en casa, de todos los problemas, por ser tan diferente a ellos.

Ahora, a su vuelta, después de todo lo que habían pasado con Isabel, sus escapadas y huidas, de las que solo tenían una versión parcial de la historia, se enredaba con un chico al que tanto habían despreciado desde niño; grandes sinvergüenzas, como los llamaban las gentes en el pueblo a Juan y a sus hermanos.

También por ese rencor de generaciones enteras entre ambas familias: aquel amor frustrado de su abuela por el abuelo de los hermanos, que perduró en el tiempo.

Les parecía una gran vergüenza que formaran parte de su familia, sobre todo a Antonio y Sara, y ahora más que nunca, que se dedicaban al estraperlo, y los rumores que les llegaban de sus paisanos sobre sus devaneos con las mujeres.

Para ellos eran prácticamente unos delincuentes, gente oscura y sospechosa; le parecía una hipocresía cuando Antonio había hecho lo mismo toda la vida; era una lucha diaria hacerles entender que Juan era la única persona con la que se casaría.

Pensamientos e ilusiones que solo eran de ella, porque Juan nunca se lo pediría, al igual que nunca lo hizo su abuelo a su abuela.

En sus noches íntimas de amor y charlas sobre sus vidas, lo que el destino les había deparado, Isabel le contó su vida en el Paral·lel, sus noches de huida al Barrio Chino de Barcelona, la triste vida que sufrió en Italia, su aborto y el horrible asesinato de Luis, el padre de su niño ya muerto.

Todo lo que le había pasado se lo contaba como una niña se lo cuenta a su padre, quizás para que la consolara de tanta locura de la que ahora, en la distancia, no podía dar crédito.

Solo quería que la abrazara, prometiéndole que siempre estaría allí y que no permitiría que nada malo le pasara, aunque ella siempre sospechó que seguramente este desahogo le costó bien caro, teniendo en cuenta los orígenes y la mentalidad tan tradicional que del mismo sitio compartían.

Juan podría tener sus devaneos y sus negocios, pero para él el sentido de la familia era otra cosa, algo sagrado y estricto como a todos les habían enseñado desde niños en el pueblo.

Cada vez lo notaba más distante, y con sus ausencias a París lo sentía aún más lejos en todos los sentidos, por lo que, cuando volvía, solían discutir casi a diario, a veces provocándolo ella misma, que no podía evitar la ansiedad que le provocaba vivir en una rutina que la ahogaba.

Su corazón le decía que aquel no era su sitio, pese a estar allí, con él, al que tanto quería: eran muchos los problemas con sus hijos, propios de los adolescentes, y las continuas peleas con su exmujer, en un tono muy parecido al que había presenciado durante años entre sus padres.

No podía tampoco evitar su necesidad de ser madre, con lo que continuamente insistía a Juan, a lo que él le respondía con las mismas formas y violencia que había vivido con su padre: «¡Yo no te veo como a una madre!», «¡Cómo vas a criar a un niño si ni siquiera has podido tener nunca una verdadera relación!», dejando claro quién era él y lo que pensaba de ella.

En una de las tantas veces que se fue a París, Juan desapareció sin más, ya no cogía sus llamadas; Isabel insistía una y otra vez, sin respuesta, hasta que por fin no tuvo más remedio que cogerle el teléfono para que dejara de llamar.

Una conversación fría en la que le decía:

—Mejor no vuelvas a casa, tengo mucho que hacer y no voy a poder estar contigo.

Rápidamente Isabel regresó a Barcelona para encontrar esa respuesta, era invierno y llovía demasiado; cuando se bajó del tren lo buscó por toda la ciudad, sin poder dar con él y sin que nadie le dijera dónde encontrarlo.

Iba a su casa con la lluvia calándole los huesos; de noche, de día, durante semanas estuvo llorando, casi suplicando una respuesta, llamando a su puerta igual que cuando era una niña y sus primas, riéndose, se encerraban en las alcobas.

Esas carcajadas de su niñez se agolpaban en ese momento en su mente, mientras lloraba en la puerta de Juan, implorando que le abriera, pero nadie abrió, solo el silencio que se rompía con esas risas en su cabeza.

Pensaba ahora que esas súplicas para Juan quizás fueran una oscura satisfacción, una venganza por haberle hecho las cosas tan difíciles con sus hijos y exigirle lo que no quería darle sin descanso.

E Isabel seguramente le suplicaba por sentirse culpable de no haber sabido hacerlo mejor con él y con ellos, haberse ido continuamente a París, quizá la distancia..., disculpándose de nuevo, como con su familia, por ser quien era.

Todavía le dolían los recuerdos de aquellas peleas en las que Juan la miraba con frialdad tras amenazarla: «No quieras conocer mi lado oscuro, Isabel, no quieras».

Quizás con la superioridad del que menos ama, miradas que se le clavaron en el corazón por lo que contenían, su desprecio, suponía Isabel que por haberle contado la parte oscura de su vida.

Y con ese silencio, sin dar la cara, sin un adiós, una despedida, que tanto necesitó durante años, quizás un perdón de ambos por lo que no habían podido o sabido darse y no ser en el fondo lo que ambos necesitaban, lo que hubiera dejado el dulce recuerdo de los bellos momentos vividos, todo acabó.

Lo quiso hacer de la forma más dolorosa posible, estaba segura ahora, para dejarla marcada como una lección que no debía olvidar jamás, que con él, al que el tiempo había endurecido tanto, no se jugaba, justificándose así ante sí mismo, ante el trato tan despreciable que le había dado.

Más tarde Isabel se enteró por un amigo de Juan que la rondaba para intentar tener algo con ella tras su desaparición, y al que acudió entonces con la esperanza de encontrarlo, de que mantenía una relación con una mujer que estaba casada con un compañero de trabajo.

Este amigo, separado como Juan, compañero de pillerías y de juergas, le contaba con saña, y con la intención de que lo olvidara y se echara en sus brazos, que Juan se acostaba con ella mientras estaba en París.

Probablemente en la misma cama donde dormía con él y en la que en los últimos meses tanto le costaba conciliar el sueño, quizás presintiendo que algo pasaba.

Le contaba, como una araña que tejía su red, lo consolidado de esta relación y las muchas otras amigas que había tenido mientras estaba con ella, quizás retozando allí mismo cuando viajaba.

Pero Isabel conocía a Juan, lo que le gustaba tontear con unas y otras, y en el fondo eso no le importaba, lo que más le dolió fue que esta relación le hiciera sentir como si ella fuera la otra.

Era muy probable que solo estuvieran esperando el momento en que se separara de su marido para que definitivamente se fueran a vivir juntos, pero la relación, según le contaron, comenzó hacía mucho tiempo. «Quizás estuviera con esa mujer antes de encontrarnos en el andén del tren», se imaginaba.

Creía ahora que quizás ella había sido para él un «mientras tanto», o un bonito recuerdo de la infancia que quiso vivir de nuevo, pero para ella todos ellos, él y sus hijos, a pesar de los desencuentros, eran su familia que se la estaban arrancando de cuajo.

Y mientras le buscaba destrozada, sin poder creer lo que estaba pasando, Juan comenzaba una vida nueva, estrenando nueva casa, decían que muy felices, como si ella nunca hubiera estado.

La había borrado de un plumazo, había sido su cura mientras se recuperaba de su separación y se unía definitivamente a esta mujer, una pesadilla que no podía ser cierta, que algo tan precioso y que guardaba como un precioso tesoro desde niña se volviera tan turbio, marcando un punto de inflexión en su vida.

Se enfrentaba a otro nudo de junco, se veía como una caricatura de sí misma, y quizás era lo que él deseaba.

Tras muchas lágrimas, y con el martirio constante de Antonio, que parecía que sintiera satisfacción porque la había dejado, recriminándole que era su culpa porque era un chulo desde niño y se había mezclado con él, decidió volver definitivamente a París.

Cogiendo el tren de vuelta lo encontró, allí estaba por fin, frente a frente, como esperaba desde hacía semanas, descargando paquetes como lo había vuelto a ver cuando regresó a Barcelona; él, al verla, no le dijo nada, e Isabel, clavándole los ojos en los suyos, solo le preguntó:

—¿He vivido una mentira?

Juan bajó la mirada y murmuró:

—Sabes tú que no.

Desde hacía varios días sospechaba que estaba embarazada, pero no le dijo una palabra, solo lo miró, con tristeza, sin entender por qué le había hecho tanto daño.

Aquella respuesta no le parecía que fuera sincera ni aliviaba su dolor, no por dejarla; le costaba admitirlo, pero Juan era similar a todo lo que había vivido en casa de sus padres y de lo que había querido siempre escapar, por eso en el fondo también con él lo hacía cuando se iba a París, sino de la forma en la que lo había hecho y por sus mentiras.

Sentía que Juan le había desgarrado su niñez, sus recuerdos más inocentes y tiernos, a los que se aferraba en sus momentos más oscuros, y no fue hasta pasar los años cuando comprendió que esa era la respuesta que buscaba; había idealizado la idea de su amor desde niña, queriendo encajar en un entorno al que nunca perteneció, reviviendo de nuevo el pasado, la misma historia.

Cruzó el andén para entrar en el tren, mirando por última vez a Juan, no le dijo que estaba embarazada; comprendió que ella sería el padre y la madre de ese niño, y que había sido un milagro que se encontraran para cumplir su promesa, para eso había aparecido de nuevo en su vida.

Fue como si Dios se lo devolviera y hubiese sido todo un mal sueño, su niño estaba allí de nuevo, con el que hablaba y al que le escribía en secreto con la esperanza de que alguien ahí arriba se lo devolviera, y Juan, sin saberlo, se lo había dado.

Le contaba a su niño, cuando aún estaba en su vientre, que su mamá por una torpeza lo había perdido, pero que no había parado hasta estar de nuevo juntos; ya no le importaban los comentarios de su familia, su hijo era mucho más importante que ninguno de ellos, más importante que el mundo.

Tras dos años y medio de relación con Juan, de idas y venidas a casa de sus padres y a París, vivió su embarazo con Marie y Jean, que la recibieron con los brazos abiertos; Martín nació sano y fuerte, la única familia que en su corazón sentía, su mayor orgullo, su gran promesa cumplida.

Los dos comenzaron una nueva vida en París, Isabel les dijo a sus padres con el tiempo que había sido madre; al principio, y sin hacer demasiadas preguntas, quisieron ayudarlos, quizás por remordimiento, un secreto a voces que ninguno se atrevía a pronunciar.

Capítulo 12
Cartas a una madre

En un hospital público de Barcelona estaba Antonio ingresado; el aire estaba tan cargado como cuando murió su madre, sentía la misma dificultad para respirar mientras avanzaba por el hospital hacia la habitación.

Cuando Isabel lo vio allí, postrado, le invadieron miles de remordimientos por no poder acompañarlo en su soledad, aunque también con mucha rabia, porque no quería visitarle y tenía que hacerlo; le daba un gran alivio pensar que en un breve espacio de tiempo estaría de nuevo en París y también le invadía una secreta satisfacción de que tenía lo que se merecía.

Allí estaba, solo, con la rabia como compañera porque Isabel no había dejado toda su vida para estar allí con él, no podía expresar de otra forma la necesidad que tenía de ganarse su amor, sin conseguirlo.

Siempre sufriendo por no tener a sus hijas a su lado, ni a sus nietos, Sara estaba allí, la buena hija, pero había hecho su vida lejos de Antonio, en el pueblo, y para los hijos de Sara su abuelo era prácticamente un extraño.

Solo Martín, el hijo de Isabel, le dio un asomo de cariño desde que se encontraron en el hospital por primera vez, el amor que Antonio durante toda su vida necesitó y que no supo nunca cómo pedir, salvo por la fuerza.

Tras unos días en los que le diagnosticaron una infección en la pierna, salieron del hospital con él; Antonio se sujetaba en Isabel y en Martín como si fuera a clavarlos en la tierra de la fuerza con la que los agarraba, como si temiera que se fueran a escapar de nuevo, y a ella le invadió un extraño temor, como si una fuerza desconocida la arrastrara a quedarse para siempre allí, junto a él.

Tras salir del hospital fueron a visitar la tumba de su madre, allí estaban, en el cementerio, juntos, tras largos años en los que Isabel trató de recuperar su autoestima, su seguridad en sí misma y, sobre todo, el tiempo perdido.

Observaba su foto preguntándose si la estaría juzgando por no acompañar a Antonio, casi sin poder mirarla a los ojos, porque sabía de sobra lo que estaría pensando si la tuviera enfrente.

No sabía qué contarle de su nueva vida, seguramente todo le parecerían locuras, como siempre le decía, pero quería contarle, por encima de todo, las cosas que tenía en el pecho y que le ahogaban desde que ella murió:

—Todas las noches te sueño, y te doy mil abrazos, los que dejé de darte; *cómo* duelen aquellas peleas, aquellos silencios y ausencias, cuando nos podíamos haber comido a besos la una a la otra.

»Qué inútil el rencor cuando estamos en esta vida solo un momento, el tiempo del que nunca disponemos, y ahora está todo el tiempo para abrazarte, pero en sueños; pasearte de la mano por el centro quisiera como antes de que todo se estropeara.

»Te he perdido en esta vida, pero te he recuperado con todo el gran amor que por ti sentía y que tenía guardado en mi corazón, como cuando era una niña.

»Aquí estoy, con mi hijo, mi pequeño milagro, pude cumplir mi promesa, ¡te hubiera querido tanto!, hubieras sido también su madre, seguro que te hubiera dado mil abrazos, su "ela", como dice cuando le hablo de ti, para él hubieras sido su mundo.

Isabel cogió a Martín de la mano, limpiándose las lágrimas junto a la tumba de su madre, dispuesta a salir de allí, aligerando el paso para que nada ni nadie pudiera detenerla.

Antonio, agarrado del brazo de Sara, la llamó llorando, gritándole:

—¡No me dejes aquí, no te lo lleves! —refiriéndose a Martín.

Quería volcarse totalmente en ese niño, dándole todo su amor: sin duda, y al final, lo único bueno que los hubiera unido de verdad.

Salió de allí abrazando a Martín con todas sus fuerzas, respirando el aire de la ciudad, sintiéndola muy adentro; de nuevo Barcelona le parecía la más bella, veía todo lo bonito del sitio donde había vivido.

El encanto de las avenidas y plazas de la tierra que ahora empezaba por un momento a sentir como suya, añorándola y amándola más que nunca, le estaba arrebatando el corazón; la veía igual de preciosa que la veía su madre cada vez que regresaba.

Las calles llenas de flores, la gente en las terrazas de los bares y la música de los artistas ambulantes que tocaban en las plazas le emocionaban profundamente; parecía ahora Barcelona una vieja y querida amiga con la que se había reencontrado; abrazándola y perdonándola de todo, celebrando todo lo bello que le ofrecía.

De repente, surgió en su mente el recuerdo del día en que nació Martín, aquel momento en el que por fin, en la camilla del hospital, y tras un largo pero dulce parto, vio por primera vez, tumbado a su izquierda, a la persona a la que tanto había esperado y cómo Marie, Jean y ella le recibían conmovidos, y lo mucho que la habían ayudado durante el embarazo.

Su verdadero amor, que nació con los ojos achinados, acostumbrándose al mundo y a la luz, envuelto en una mantita blanca, tal y como lo imaginó cuando rezaba y suplicaba por poder vivir ese momento en todas las iglesias de Roma, y en ese instante Isabel se dio cuenta, tras ver su carita, de que todo lo malo había pasado.

Había sido una pesadilla, el triste sueño de otra persona, de otra vida de la que solo le quedaba el recuerdo de los gestos y expresiones de su madre, que eran los suyos mismos, porque conforme pasaban los años más parecido tenía con ella.

Y allí, entre aquel bello paisaje que tantos recuerdos le evocaba, tuvo por primera vez la certeza de que el tiempo pasa para todos y que inexorablemente algún día su final también llegaría:

Quizás no solo lloraba la muerte de su madre, sino también por la suya, siempre había estado corriendo, deseando que llegara todo con prisa, jugando sin saberlo a que el universo lo precipitara todo.

Aunque parecía como si unos hilos invisibles la devolvieran una y otra vez al comienzo de todo por mucho que se resistiera; el mágico cordón del destino la unía sin remedio a su familia y a Barcelona sin que pudiera nunca romperse.

Ya no era la misma persona, ninguno lo era, habían comenzado un nuevo camino, y así se sentía, renacida de la muerte de ella misma en sus diferentes matices, había dejado de ser uno de esos millones de fantasmas que deambulaban por las ciudades, perdidos, fruto de sus vivencias.

Atrás quedaban las sombras que la habían estado atormentando durante tanto tiempo, las historias que había vivido en sus carnes y las que había presenciado, tenía ahora la fuerza que solo el que lo había vivido todo y había salido invencible podía tener.

Estaba cumpliendo sus sueños, formaba parte de la profesión de las mujeres a las que tanto admiraba, tenía a Martin, su familia y las que ella misma había escogido: «¿De qué servía el rencor que le tenía a Antonio y el sentimiento de culpa que había arrastrado durante toda su vida por cómo era ella? ¡La culpa la había perseguido siempre por tantas cosas y por todos!», pensaba; se daba cuenta de que seguramente el rencor lo había sentido sobre todo por ella misma.

Durante toda su vida y en todos los sitios donde había estado había buscado sin saberlo una familia, y varias había encontrado que la querían y la valoraban por quién era y cómo era.

El pasado ya no importaba cuando la vida es tan breve; pero era consciente de que no tenía que seguir pidiendo perdón por nada, «¿por los vaivenes de la vida?», pensaba; estaba cansada de ese papel de «mala hija» que llevaba colgado a cuestas como una condena.

Tenía que volver al cementerio, por ella, para dejar de huir, y por su madre, para que, por primera vez, aunque fuera desde arriba, los viera juntos durante un segundo, unidos y sin rencores, ni siquiera por ellos mismos.

Era consciente de que probablemente, con su posesiva y dañina forma de sentir, su padre quizás había sido una de las personas que la había querido de verdad, aunque le hubiera hecho tanto daño, lo que le daba una gran tristeza.

Y de que, en cierta forma, en el pasado ella misma había sido como él en algunas cosas, en lo bueno y en lo malo, como su madre le decía: «Sois iguales y por eso no podéis vivir juntos», y así lo disculpaba, así era ella.

Al principio, cuando nació Martín y se mudaron a su piso de París se preguntaba muchas veces qué hacía allí, no fue fácil empezar de nuevo con un niño, y en el fondo había una parte de ella que no sentía a ese país como suyo, lejos de su gente.

Julia le dijo un día la respuesta: «Te fuiste para sanar».

Y entendía ahora que, sin lugar a dudas, esa había sido la verdadera razón, tenía que irse y en esa huida llena de espinas encontró sus sueños y se encontró ella.

Volvió al cementerio y Antonio, emocionado al verlos desde lejos, extendió los brazos para recibir a Martín; Isabel miró a su padre y a su hermana, sonriendo, con un mutuo perdón infinito que contenía el dolor de los tres de toda una vida y el deseo de reencontrarse de nuevo.

Recordó entonces una frase que le dijo la enfermera en el hospital cuando le entregó a Martín al nacer, y, juntando la carita de su niño junto a la suya, con los ojos cerrados, llena de emoción, la susurró para sí misma: «Ya nunca más volverás a estar sola».

Índice